불사의 테스터

불사의 테스터 4

기로 퓨전 판타지 소설

초판 1쇄 찍은 날 § 2017년 2월 9일
초판 1쇄 펴낸 날 § 2017년 2월 16일

지은이 § 기로
펴낸이 § 서경석

편집책임 § 배경근

펴낸곳 § 도서출판 청어람
등록번호 § 제387-1999-000006호
등록일자 § 1999. 5. 31
어람번호 § 제1-2626호

주소 § 경기도 부천시 부일로 483번길 40 서경B/D 3F (우) 14640
전화 § 032-656-4452 팩스 § 032-656-4453
http://www.chungeoram.com
E-mail § chungeorambook@daum.net

ISBN 979-11-04-91198-9 04810
ISBN 979-11-04-91108-8 (세트)

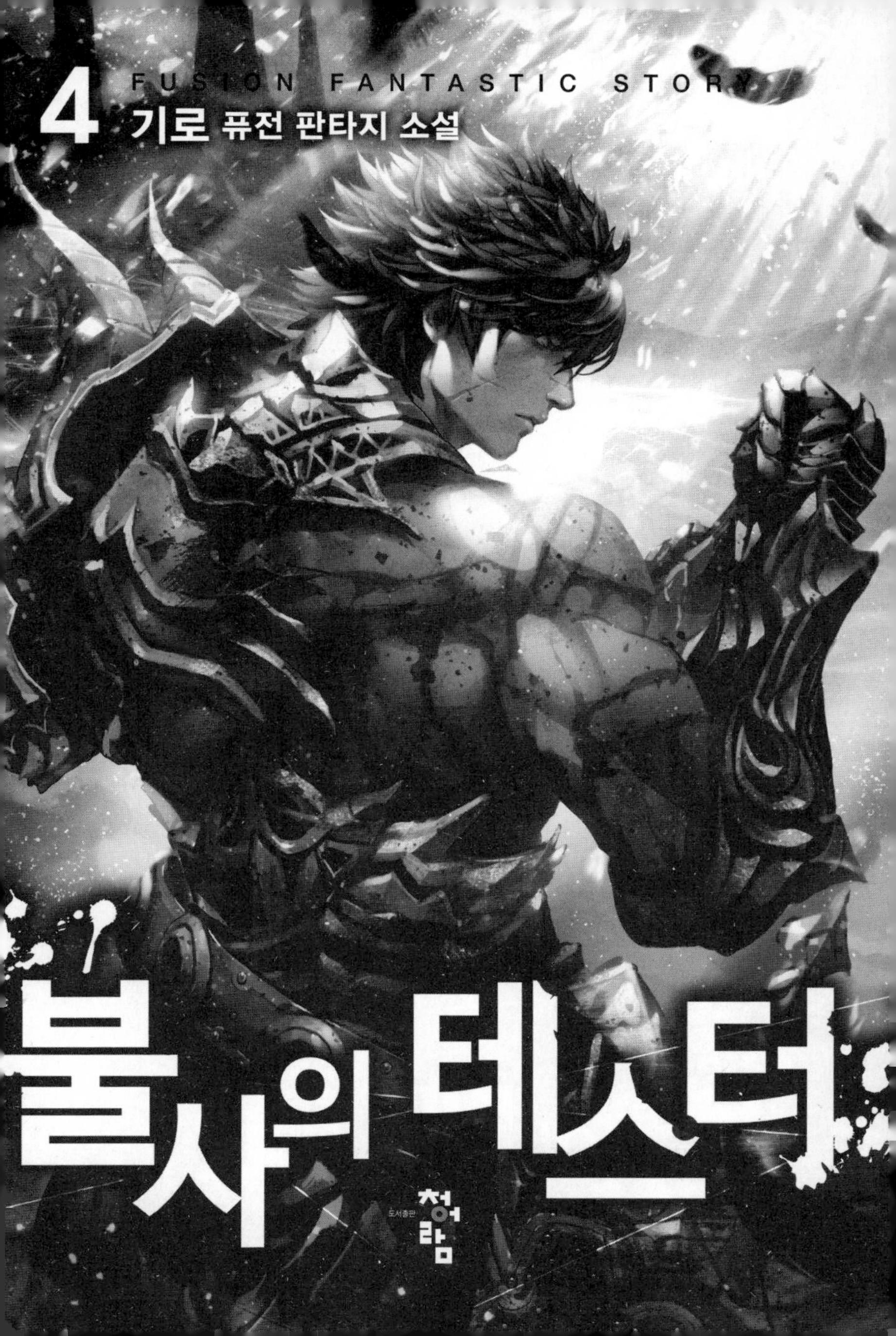
FUSION FANTASTIC STORY
4
기로 퓨전 판타지 소설
불사의 테스터
도서출판 청어람

불사의 테스터

CONTENTS

제1장
한밤중의 보상

치호는 교단의 녀석들이 점차 거리를 좁혀 오고 있음에도 차분히 자신의 가슴팍에 달린 브로치를 가리키며 말했다. 미간을 좁히며 치호의 손끝을 따라가던 쉐이퍼는 손끝이 가리킨 곳을 본 순간, 일순 벼락이라도 맞은 것처럼 움찔 떨더니 안색이 하얗게 질렸다. 동시에 거리를 좁혀오던 교단의 다른 패거리들도 행동을 멈추고 발뒤꿈치를 붙인 차렷 자세를 취하며 허리를 곧게 폈다.

"죄… 죄송합니다! 무례를 용서해 주십시오."

쉐이퍼는 그 브로치를 보자마자 태도가 180도 변해 치호에게 깍듯이 행동하기 시작했다. 브로치의 출처 따위를 물어보는 절차는 과감하게 생략하는 녀석의 태도가 인상적이었다. 치호 역시 이 브로치의 효과가 어느 정도인지 시험해 볼 좋은 기회라고 생각했는데, 녀석들의 태도를 보니 효과가 생각 이상인 것 같았다.

"이런 곳에 계실 줄은… 제가 신전까지 모시겠습니다."

"아니, 그럴 필요까지는 없어. 신전은 내가 따로 한번 방문하지. 그렇지 않아도 얻을 정보도 있고 말이야. 한데… 저 녀석은 왜 쫓고 있는 거지?"

"저희도 자세한 것은 모르나 교단에서 정식으로 수배가 떨어진 자입니다. 저희 그림자 사제들은 일단 수배가 떨어지면 이유 따윈 중요하지 않습니다."

쉐이퍼의 말을 들어보니 일단 수배가 떨어지면 이유야 어찌 되었건 일단 잡아놓고 생각하는 것 같았다. 다소 억지스러운 방법이었으나 치호의 경험으로 미루어 보아 그다지 놀랄 것도 아니기에 녀석의 말에 토 달지 않았다.

"후… 일단 내가 이 녀석을 데리고 가고 싶은데, 괜찮겠나? 아무래도 녀석과 교단에서 오해가 있었던 모양이야. 내가 직접 가서 설명하지."

"예! 옛! 여부가 있겠습니까! 죄송합니다. 괜한 불편을 드려서… 하지만 서두르시는 게 좋을 것입니다. 수배가 풀리지 않았으니 이곳에 일행 분이 있다는 사실이 퍼지기 시작하면 치호님께 귀찮은 일이 생길 수 있습니다."

"호오, 내 이름까지 벌써 다 알고 있는 모양이야? 빠른데… 아무튼 알았다."

처음 기세와는 다르게 녀석은 순순히 물러나는 것 같았다. 거기다 브로치가 가지는 의미가 생각보다 큰 것인지 쉐이퍼와 대화를 하는 동안 패거리들의 기세가 순식간에 사그라들고, 오히려 선망의 눈길까지 보내고 있는 것을 보면 말이다.

식당 안의 포위망이 풀리자 치호의 등 뒤에서 잠자코 두 사람의 대화를 듣던 대진이 슬며시 치호에게 물었다.

"치… 치호, 나 괜찮은 거야? 어?"

"그래. 뭐 시간은 번 것 같다만… 아무래도 클레이가 처리되기 전까진 네가 고생 좀 할 것 같은데?"

"으… 클레이 놈. 일생에 도움이 안 되는군 제길."

다소 경직된 분위기가 풀리자 대진도 어느 정도 정신을 차렸는지 슬슬 입이 풀리기 시작한 것 같았다. 쉐이퍼를 비롯한 녀석들이 자리를 정리하고 철수하려는 그때, 식당의 문이 박살 나며 일단의 무리들이 소란스럽게 들어왔다.

"히야, 교단의 기세가 참 대단해? 그렇지?"

난데없이 식당의 문을 부수고 들어온 한 녀석이 쉐이퍼를 보며 소리쳤다. 쉐이퍼도 그런 녀석을 알아본 것인지 녀석의 말을 그대로 받아쳤다.

"바라모, 소란 피우지 마라. 너희들이 생각하는 그런 것 아니니까."

"우리가 생각하는 게 뭔데? 히야, 요즘 교단은 생각까지 읽을 수 있는 거야? 역시 교단은 대단해! 그렇지? 크하하."

바라모라고 불린 이는 민머리에 단단해 보일 것 같은 근육질 몸매를 가지고 있었고, 현재 식당을 둘러싸고 있는 무리의 리더처럼 보였다. 치호가 대충 느끼는 기척만 해도 교단의 패거리보다 배는 될 것 같은 인원이 식당 안과 밖을 빼곡하게 둘러싸고 있는 것 같았다.

"그건 그렇고… 언제부터 교단이 우리 루바론 길드 허가도 없이 무력 단체를 마음대로 거점에 들일 수 있게 된 거야? 어? 내가 사냥 다녀온 사이에 서로 간에 룰이 바뀌었나 봐?"

"흥. 잠시 볼일을 보러 왔을 뿐, 교단과는 상관없는 일이다. 쓸데없이 일을 크게 만들지 마라 바라모."

"크게 만들 일은 그쪽에서 먼저 한 거고. 우리도 눈 뜨고 코 베일 수는 없잖아?"

여신의 교단과 길드 루바론은 평소 사이가 좋지 않았던 것인지 두 무리 사이에 눈에 보이지 않는 칼날이 날아다녔다. 계기만 있으면 충돌할 것 같은 일촉즉발의 분위기가 과열되자, 쉐이퍼는 더 이상 일을 크게 만들고 싶지 않은지 치호를 보고 고개를 가볍게 숙인 후 자리를 피했다.

루바론 길드 역시 교단을 향해 위협적으로 대응했지만 직접적인 충돌은 그다지 원하는 그림이 아닌 모양인지 그들을 딱히 제지하지 않았다. 하지만 바리모는 물러서는 쉐이퍼의 모습을 보며 크게 외쳤다.

"크하하. 새끼, 비리비리해 가지고는… 여신 똥구멍이나 잘 핥고 있으라고, 또 알아? 여신님이 괴물들을 모조리 잡아주실지?"

"후우… 가자!"

녀석의 조롱에 쉐이퍼가 몸을 부르르 떨었지만 그 이상의 행동은 하지 못하고 그저 자신이 끌고 온 녀석들을 데리고 유유히 사라질 뿐이었다. 다소 기묘한 상황을 재미있다는 듯 바라보던 치호를 향해 바라모가 말했다.

"어이, 형씨. 교단하고 무슨 일로 얽혔는지 모르겠지만 말이야. 거점 안에서 소란 일으키진 말라고. 알았어?"

바라모의 그 말에 치호가 한마디 쏘아붙이려고 하자 그 기세를 느꼈는지 대진이 얼른 말을 받으며 말했다.

"하하. 소란은 무슨 소란, 그저 밥만 먹었어, 밥만. 치호, 얼른 가자고."

대진이 황급히 치호를 잡아끌며 식당을 벗어났다. 바라모는 딱히 치호 일행을 제지하지 않고 그저 고까운 얼굴로 그들을 바라볼 뿐이었다.

"상황이 재밌게 돌아가는군. 교단하고 길드하고 사이가 꽤나 안 좋은 모양인데?"

"후… 그런 모양이더라고. 필드란 곳이 원래 이상한 곳이긴 하지만 세 번째 필드는 정말 요지경이야. 제길. 괴물들 신경 쓰기도 바쁜데 이젠 사람들까지 신경 써야 하다니… 나도 어디 길드라도 들던가 해야지 이거… 원……"

"뭐 그건 알아서 하고 일단 집부터 구해보자고. 안내데스크는 어디지?"

"이 밤에 안내데스크는 무슨 안내데스크, 내가 구해둔 숙소가 있으니 일단 그리로 가지. 후… 오늘 정말 피곤한 날이야."

식당에서 실랑이를 벌이는 사이 어느새 해가 떨어져 있었고 대진은 자신의 숙소로 치호를 안내하기 시작했다. 녀석도 눈치가 있기에 지금 치호와 떨어져서 행동한다면 쉐이퍼가 말한 귀찮은 일이 자신에게는 생명의 위협으로 다가올 것이란 걸 알았기 때문인지 치호와 잠시도 떨어져 있기 싫은 눈치였다.

*　　　*　　　*

"후… 이러다 정말 내가 제 명에 못 죽지 못 죽어. 근데 그건 무슨 브로치기에 녀석들이 그런 태도를 보이는 거야? 그리고 너는 교단과는 무슨 관계가 있기에… 악!"

대진은 브로치가 신기한지 슬쩍 만져보려 했다가 브로치에 손끝이 살짝 닿는 순간 전기라도 오른 것처럼 발작을 일으켰다. 그런 모습을 보니 브로치에 뭔가 술수가 걸려있는 것 같았다.

'이래서 교단 녀석들이 출처를 물어보지 않았군.'

쉐이퍼의 행동이 이제야 이해가 간다는 듯 치호는 고개를 끄덕였고 대진은 아파 죽겠다는 표정으로 숙소 바닥에 그대로 쓰러지듯 누웠다. 대진의 그런 행동을 한심하게 바라보다가 아까 못다한 식당에서의 끊어진 이야기를 이어서 물었다.

"교단하고는 큰 관계는 없으니 신경 쓰지 말고 아까 하던 이야기나 마저 해."

"으… 아파라. 고약한 브로치 같으니. 제길. 오늘은 무슨 날인가? 뭐 하나 제대로 풀리는 게 없어. 후… 어디까지 얘기했더라… 그래! '살해당한 신'까지 얘기했지."

"살해당한 신이란 게 대체 뭐지?"

대진은 치호의 물음에 답하기 전에 숙소 안의 뭔가를 조작하자 시원한 바람이 나오기 시작했고 이내 식당에서처럼 집안이 시원해지기 시작했다.

"그것까지는 나도 모르고, 아무튼 녀석이 퀘스트를 얻었다면서 살해당한 신의 피가 고인 곳에 가자는 거야. 그곳에 가서 신의 피를 마시고 격을 올리자고 말이야."

치호는 문득 파멸의 조각에서 언급되어 있던 신을 베었다는 문구가 떠올랐지만 내색하지 않고 대진의 말을 들었다.

"그런데 상식적으로 그게 말이 되냐고, 뭔 피 하나 마셨다고 격이 오를 것 같으면 누가 이 고생을 사서 해? 그놈은 외국놈이라서 그런가… 아무튼 이상하게 그런 것에 집착하더라니까? 그깟 피라고 해봐야 선지밖에 더 돼? 내말이 틀려? 아무튼 뭐 위험해 보이기도 하고 결과도 시원치 않을 것 같아서 난 빠졌지. 이후는 네가 아는 대로고."

"그러니까 그 신의 피라는 것이 네 예상과는 다르게 녀석이 거점 내에서도 무력을 사용할 수 있게 만든 것 같다, 이건가?"

"그래, 지금 생각할 수 있는 건 그것밖에 없지. 아니면 신의 피라는 건 그냥 상징적인 의미고 다른 뭔가를 얻었을 수도 있고 말이야. 으… 아무튼 난 이제 아는 것 다 얘기해 줬으니 좀 쉬자. 후… 정말 지치는군."

대진은 말을 마치고 얼른 자리를 잡고 누웠다. 오늘 있었던 일들 때문에 심력을 많이 소비한 모양인지 많이 피곤한 모양이었다.

그런 녀석을 잠시 보다가 클레이에 대한 생각을 정리하기 시작했다. 처음엔 가볍게 처리할 수 있을 것 같았는데, 대진의 말대로라면 녀석 또한 무시할 수 없을 무력을 갖추어 나가는 것 같았다. 더군다나 살해당한 신과 파멸의 조각, 뭔가 연관이 있을 것만 같은 느낌이 들었다.

문득 쥬드는 이 모든 것을 알고 큰 그림을 그리기 위해 이 검을 가장 먼저 획득했을지도 모른다는 생각이 들었다. 그렇게 생각하니 점점 생각이 복잡해졌다.

'차라리 책이라도 읽는 게 낫겠군.'

부족한 단서 때문에 아무리 생각해도 풀리지 않는 의문을 붙잡고 심력을 쓰느니 차라리 하만의 책이라도 한 번 더 읽는 것이 나을 것 같았다.

치호가 머리를 비울 생각으로 하만의 책을 펼친 순간 그런 복잡한 마음은 씻은 듯이 날아가 버렸다. 책을 읽어서가 아니라 예상치 못하게 떠오른 메시지 하나가 치호의 생각을 흩어 놓았기 때문이다.

〈스킬 변환이 완료되었습니다.〉
[관련 아이템이 있습니다. 병합하시겠습니까?]

느닷없이 떠오른 메시지는 클레이와 쥬드 때문에 복잡해진 머릿속을 비우고 시원하게 웃음을 짓게 만들기 충분했다. 그간 기다려 왔던 스킬 변환이 완료된 것이다.

이번 스킬 변환은 이전의 〈광인의 영역 선포〉와 달리 스테이터스가 극단적으로 변하는 일이 없어서인지 별다른 격통이나 특이점은 찾을 수 없었다.

다만 스킬이 변환되었다는 메시지와 더불어 처음 보는 메시지가 떠올라 의문을 표하려는 찰나 읽으려고 펼쳐둔 〈하만의 마스터 피스〉가 천천히 허공으로 떠오르기 시작했다.

'약재 관련 스킬이기 때문인가?'

치호는 그런 변화에 눈을 빛내며 잠시 고민하는 듯하다가 이내 결심했는지 자신 있게 말했다.

"병합."

어차피 하만의 마스터 피스에 적힌 내용은 이미 숙지하고 있어 책 자체는 딱히 필요한 상황이 아니었기에 과감한 선택을 한 것이다.

치호가 병합이라고 말하자 이내 인벤토리에서 하만의 마스터 피스가 사라지고 또 다른 메시지가 떠올랐다.

〈하만의 마스터 피스와 병합되어 스킬을 뛰어넘는 새로운 결과를 이룩하였습니다.〉

메시지를 읽어 내려가는 치호로서는 지난번 〈광인의 영역 선포〉 정도만 되어도 마음에 쏙 드는 스킬이었는데 메시지의 뉘앙스가 그보다 더 좋은 무언가를 암시하는 것 같아 들뜬 마음으로 스킬 창을 열었다.

〈운명의 동아줄 — 지속형〉

　— 내용: 해당 사용자가 뿌리내렸던 세계의 거의 모든 의학적 지식을 섭렵하고, 그 깨달음 또한 믿을 수 없을 만큼 깊습니다. 이는 곧 당신의 손길이 닿는 순간 생과 사의 갈림길에 선 자에게 생이라는 동아줄 혹은 죽음이라는 썩은 동아줄을 마음대로 내릴 수 있는 지고의 경지에 오른 것을 뜻합니다.

　이는 인간으로서 이루어낼 수 없는 경지이나 그것을 뛰어넘어 경지를 이룬 당신에게 경의를 표합니다. 그와 더불어 〈하만의 마스터 피스〉가 융합되어 두 세계를 아우르는 통합된 의(醫)의 체계를 만들었습니다. 이 또한 무시할 수 없는 업적이기에 단순히 스킬만으로는 전환된 경험의 능력을 구현하기에 부족함이 많아 해당 사용자만 사용 가능한 특화된 새로운 인터페이스를 제공합니다. 해당 스킬은 테스터 황치호의 오리지널 스킬로 등록됩니다.

　— 발동 효과: 대상자가 가지고 있는 질병을 비롯한 모든 취약점을 진단합니다. 또한 〈하만의 마스터 피스〉가 연동되어 치료법 및 대처 방법을 도출해 냅니다.

― 특수 효과: '제조' 인터페이스 사용 가능합니다.

― 소모 자원: ―

― 숙련도: (0/10)

치호가 스킬을 내용을 꼼꼼하게 읽어 내렸다. 떠오른 메시지를 다 읽은 치호의 얼굴에는 다소 실망한 듯한 표정을 지었다.

'전투에 도움이 안 되는 스킬인가?'

설명에 나온 것만 따지자면 뭔가 미사여구는 많지만 딱히 전투에 도움이 될 것 같아 보이지는 않았다. 〈광인의 영영 선포〉처럼 전투에 도움이 되는 스킬이 나왔으면 좋으련만 그렇지 않아 보이는 설명이 다소 아쉽게 느껴졌다.

'일단은 효과부터 좀 봐야겠군.'

"운명의 동아줄."

옆에서 대진이 자고 있기 때문에 방해하지 않으려 조용히 스킬을 발동시켜 보았다. 역시나 공격 스킬이 아니라서 그런지 거점 내에서도 무리 없이 발동이 되는 것 같았다.

〈운명의 동아줄이 발동됩니다. 해제를 원하시면 다시 한 번 스킬을 외쳐 주세요.〉

'이런 식이군.'

이번 스킬은 제한 시간 같은 것이 없기 때문에 시전자가 따로 스킬을 해제해야 하는 것 같았다. 하지만 스킬이 발동되었다는 메시지가 떠오른 것과는 무관하게 시전하기 전과 후의 차이를 전혀 느낄 수 없었다.

'뭐지?'

스킬을 발동시키고도 한참을 기다려도 별다른 변화가 없기에 천천히 스킬에 대한 의구심이 떠올랐다. 뭔가 방법이 잘못된 것인가 싶어서 연신 스킬을 켰다 끄기를 반복했지만 스킬은 여전히 요지부동이었다.

'이건 대체 무슨 스킬인 거지?'

발동 효과를 알 수 없는 〈운명의 동아줄〉을 연신 외쳐 댄 것이 문제가 되었는지 대진은 연신 뒤척였고, 그런 대진을 쳐다보는 순간 치호는 스킬의 효과에 대해서 단박에 깨달을 수 있었다.

'붉은 점이라… 허… 이래도 되는 거야?'

대진의 온몸에 붉은 점으로 치명적인 급소가 마킹되어 있었다. 마치 누군가가 표시라도 해둔 것마냥 붉은 점이 떠올라 있던 것이다.

그와 더불어 녀석의 발등엔 〈타박상〉이라는 메시지가 따로 표기되어 있었다. 눈앞에 떠오른 그 메시지를 툭 건드려 보자 그것을 치료할 수 있는 약재의 목록이 떠올랐다.

'낮에 발로 식탁을 엎더니… 타박상이라.'

치호는 재미있다는 듯이 스킬을 발동시켜 둔 채로 대진의 몸을 구석구석 훑었지만 따로 떠오르는 것은 더 이상 없었다. 스킬 효과에 따르면 질병도 표기된다 했으니, 대진에게는 별다른 질병은 없는 것 같았다.

'전투에 도움이 안 될 줄 알았는데… 이건 아주 쓸 만하겠어.'

기능 자체는 치호가 진맥을 한다면 모두 알아낼 수 있는 것이지만 〈광인의 영역 선포〉와 같은 맥락으로 편의성이 더 뛰어났다.

직관적으로 눈에 보이는 것과 아닌 것은 큰 차이가 있으니 이번 스킬은 어떻게 사용하느냐에 따라 전투에서의 효용은 두말할 나위 없이 뛰어날 것 같았다. 〈운명의 동아줄〉의 첫 번째 효과에 대해서 깨우치고 나서 치호는 다시금 스킬을 발동시켰다.

"제조."

〈운명의 동아줄〉이 발동된 상태로 제조를 외치니 치호의 눈앞에 새로운 인터페이스 창이 떠올랐다.

[최상급 회복 포션]

[상급 회복 포션]

...

[해독 포션]

...

[운기의 단]

[폭발의 단]

　새롭게 떠오른 창에는 수많은 목록들이 나타났고, 그 목록을 건드리자 알 수 없는 재료의 목록과 레시피가 주르륵 떠올랐다. 그것을 본 치호는 한쪽 눈이 경련을 일으키듯 움찔하며 떨었지만, 다시금 떠오른 그 목록들을 툭툭 건드려 보자 새로운 메시지가 떠올랐다.

　⟨재료가 부족하여 제조할 수 없습니다.⟩

　⟨재료가 부족하여 제조할 수 없습니다.⟩

　'호오.'

　새롭게 자신만 쓸 수 있는 인터페이스가 추가되었다기에 어떤 것인가 궁금했는데, 확인해 보니 재료만 있다면 복잡한 과정을 거치지 않고 물품을 제조해 내는 것 같았다.

　더군다나 각 항목당 레시피까지 제공되고 있으니 잘만 쓰면 이것 또한 사기적인 스킬이 될 것 같았다. 만약 자신이 한 곳에서 정착할 일이 있다면 이 스킬만 가지고 있어도 이곳에서 하만과 같은 의원으로 사는 것은 물론이고 떼돈을 벌 수 있을지도 몰랐다.

'하만 영감, 너무 과분한 걸 받았소.'

이번에도 역시 경험 변환으로 인해 얻은 스킬은 치호의 기대를 배반하지 않았다. 물론 스킬을 제대로 확인하기 전까지는 의심하긴 했지만, 더욱이 〈하만의 마스터 피스〉가 중첩이 되어 어쩌면 과분하다고 느낄 정도의 스킬을 얻게 된 것 같았다.

그렇게 생각하니 하만이 넘겨준 이 책은 역시 보통 물건이 아닌 것 같았다. 아이템으로 등록되었을 때 알아챘어야 하는 것인데 너무 쉽게 얻은 감이 없지 않았다.

치호는 하만을 생각하며 그가 당부했던 것을 꼭 이루어 주리라 생각했다. 어차피 하만의 책 내용은 이미 치호의 머릿속에 있으니 그의 바람을 이루어주는 데 큰 문제가 없을 것이었다.

잠시 하만을 생각하던 치호는 이내 생각을 정리하고 스킬 변환 창을 다시금 열었다.

〈변환 가능 경험 항목〉

— 추적술〈숙련도 MAX〉, 생존술〈숙련도 MAX〉, 암살술〈숙련도 MAX〉, 대장기술〈숙련도 MAX〉, 단조술〈숙련도 MAX〉, 주조술〈숙련도 MAX〉, 정신단련〈숙련도 MAX〉, 연금술〈숙련도 MAX〉, 연단술〈숙련도 MAX〉, 선동술〈숙련도 MAX〉, 용인술〈숙련도 MAX〉, 금형술〈숙련도 MAX〉, 연마술〈숙련도 MAX〉, 방패방어술〈숙련도 MAX〉.

'좋아, 다음엔 뭘 선택해야 하지?'

두 개의 스킬이 등록되었지만 아직도 수없이 많은 종류의 경험들이 치호의 앞에 떠올랐고, 그 수많은 경험들 중 무엇을 변환시킬까 하는 즐거운 고민에 빠져들기 시작했다. 한참을 고민하던 치호는 수많은 목록 중 대장기술을 선택했다.

[대장기술을 선택하셨습니다. 관련 항목이 있습니다. 경험을 병합하시겠습니까?]

— 관련 항목: 주조술, 단조술, 금형술, 연마술, 야금술, 합금술, 제련술, 정련술.

지난번과 마찬가지로 관련 경험이 함께 떠올랐다. 잠시 그 목록을 살펴보던 치호는 이내 대답했다.

"병합."

[경험이 병합되어 스킬로 전환합니다.]

[변환률 1%]

치호는 어김없이 떠오른 메시지를 보며 한시름 놓았다는 듯 가볍게 한숨을 쉬고 잠자리에 들었다. 치호도 내색은 하지 않았지만 오늘 있었던 일들이나 방금 전 스킬을 정리하며 심력을 많이 쏟았는지 금세 잠이 들고 말았다.

*   *   *

"으함! 어째 잠을 잤는데 잠을 잔 것 같지가 않지?"

평소보다 일찍 잠이 들었음에도 선잠을 잔 듯 몸이 찌뿌둥했기에 대진은 연신 기지개를 켜며 주위를 둘러보았다.

그러다 한구석에 잠들어 있는 곰 같은 것을 보고 잠시 멍하니 그것을 보다가 어제 치호를 숙소로 데려왔다는 사실이 생각나 퍼뜩 정신을 차리고 치호에게 다가갔다.

"여봐, 치호! 일어나라구. 순간 뭔가 했네. 누워서 잘 것이지, 왜 그렇게 불편하게 자고 있어?"

어제 정신이 너무 없어 순간 치호를 숙소에 데려왔다는 것을 까맣게 잊었던 것이다. 스스로도 어이가 없었지만 안전한 숙소까지 와서 저렇게 앉아서 불편한 잠을 자고 있는 치호도 이해가 되지 않았다.

"자고 있는 것 아니다. 일어나 있다."

"자고 있는 게 아니긴 누가 봐도 잔 거구만. 근데 왜 그렇게 불편하게 자? 편히 누워서 잘 것이지. 괜히 미안해지잖아, 이거. 흠흠."

"아아, 신경 쓰지 마라. 그냥 습관이다, 습관. 한동안은 괜찮았는데 이런 곳에서 생활하다 보니 어느새 오래된 습관이 다시 살아나는군."

"앉아서 자는 게 습관이라니… 별 희한한 습관을 다 보겠네."

치호는 언제 습격당할지 몰라 주위를 경계하며 자는 것이 습관이 된 것인데, 그런 것을 전혀 예측조차 하지 못하는지 대진은 연신 신기한 사람을 본다는 듯 치호를 바라보고 있었다.

그런 뜨거운 시선을 받기 부담스러운지 치호는 천천히 눈을 뜨고 몸을 점검했다. 지난밤 생각보다 생각할 것이 많아 고민하다 보니 몇 시간 잠들지도 못하고 금세 눈을 떠야만 했다. 하지만 그런 내색 따위는 전혀 하지 않는 치호는 대진을 부르며 말했다.

"오늘은 바쁠 거다. 네 녀석 때문에 신전도 들러야 하고 상점에 가서 보급도 해야 돼. 거기다 이 주변 정세도 알아봐야 하고… 후, 정말 쓸데없이 할 게 많군. 아무튼 서둘러."

"응? 괜히 나 때문에? 이거 참, 나중에 내가 이 빚은 꼭 갚지. 그런데 정말 신전에 가면 수배가 풀리긴 하는 거야? 호랑이 아가리에 머리를 디미는 건 아닌가 해서 영 불안한데?"

"흠… 뭐 괜찮을 거다. 어제도 봤잖아. 녀석들의 태도."

치호로서는 브로치가 교단에 얼마나 영향을 미칠 수 있을지 확실하지가 않았기에 대진에게 확답할 순 없었다.

그렇지만 최소한 대진이 죽을 것 같지는 않았기에 일단 녀석의 일부터 해결하는 게 좋아보였다. 더군다나 교단이라면 클레이의 정보도 가지고 있을 것이 분명하니 이번에 가서 모든 일을 처리할 생각이었다.

'아무래도 〈신의 피〉라는 게 자꾸 걸리는군. 진실의 땅 에비안도 찾아봐야 하는데… 후… 골치야.'

사실 대진을 만나기 전까지만 해도 에픽 퀘스트에서 언급한 진실의 땅 에비안을 찾는 것을 제1 목표로 두었으나 대진과 만나 클레이의 소식을 들은 후부터 목에 가시가 걸린 듯 자꾸만 클레이가 생각났다. 쥬드와의 연관성을 생각하니 더욱 신경이 쓰였다.

"자자! 얼른 가자고. 나도 어서 빨리 이 지긋지긋한 생활을 끝내고 싶으니까. 교단이 신경 쓰여서 밥이나 제대로 먹을 수가 있어야지, 제길."

클레이 때문에 복잡한 마음이 들기 시작할 때 때마침 대진의 재촉하는 소리가 들렸다.

상념을 끊는 녀석의 툴툴거리는 소리에 치호는 복잡한 생각은 한쪽에 미루어 두고 자리를 털고 일어나 대진을 따라 신전을 향한 발걸음을 옮겼다.

제2장
진실의 땅 에비안으로

대진의 뒤를 따라 걷던 치호는 어느새 신전 앞에 도착해 있었다.

　이번 신전은 지난 두 번의 필드와는 다르게 상당히 장식에 신경을 쓴 듯 화려했다. 하지만 여전히 지구에 비하면 부족한 면이 많이 보였다.

　신전 앞까지 도착하자 대진의 발걸음은 주저함이 보였고 점차 느려졌다. 하지만 치호는 그런 대진을 잡아끌며 빠르게 신전을 올랐다.

　"후… 도착이군."

"내 발로 신전을 찾아오게 될 줄은 몰랐는데… 별일 없겠지?"

"글쎄… 나도 모르겠군. 하지만 안전만은 확보해 줄 테니까 걱정하지 마."

불안한 마음에 계속해서 치호에게 말을 거는 대진을 적당히 받아주며 신전 안쪽으로 들어가자 일행을 반기는 이 하나가 천천히 걸어 나왔다. 사제복을 입은 걸 보니 이 신전과 관계가 있는 인물인 것 같았다.

"오! 정말 오래간만에 형제님이로군요. 저는 제3 필드 신전을 책임지고 있는 마켄입니다. 만나서 반갑습니다. 형제님."

"인사치레는 됐고, 이 브로치 알고 있겠지? 이야기를 좀 나누고 싶군."

치호가 단도직입적으로 이야기하자 마켄의 시선은 치호 가슴팍에 달린 브로치로 향했고, 그것을 알아보는 것인지 몸을 부르르 떨며 말했다.

"'신탁의 주인'을 직접 뵙게 되다니 영광입니다. 대략적인 내용은 어제 쉐이퍼에게 전달받았습니다. 혹여 무슨 무례가 있었다면 제가 대신 사과드리겠습니다."

"무례는 무슨… 아무튼 전달받았다니 이야기가 빠르겠군. 이 녀석의 수배를 풀어줄 수 있는지 알고 싶어서 왔다. 아무래도 너희 여신의 교단과 이 녀석 사이에 뭔가 오해가 있는 모양이야."

"안 그래도 곧 찾아오신다는 이야기를 듣고 제가 수배자 '유대진'에 대해서 좀 찾아봤는데… 그것이 좀……."

"왜 그러지? 내가 듣기로는 교단에게 쫓겨 도망 다닌 걸로 알고 있는데… 그 이유가 클레이 때문이고."

마켄이 한동안 망설이는 태도를 보이다 한숨을 내쉬며 천천히 입을 열었다.

"후… 어떻게 전해 들으셨는지 모르겠지만 수배자 '유대진'은 제2 필드에서 저희 교단 인물 61명에게 상해를 입히고 도주한 자입니다. 다행이 사망자가 없어 생포가 최우선이긴 합니다만 저희 쪽도 피해가 만만치 않아서… 그냥 수배를 풀기는 좀 무리가 있습니다."

마켄의 말을 들은 치호는 대진을 물끄러미 바라보았다. 그러자 대진은 아무런 말도 없이 그저 바라만 보는 치호의 그 시선을 참지 못하고 결국 역정을 내듯이 말했다.

"아니! 그럼… 날 이상한 곳으로 데려가려고 하는데 그걸 그냥 끌려가? 생각해 봐. 이 필드에서 안 죽인 것만 해도 어디야! 어? 안 그래? 나만 쓰레기야?"

치호는 대진을 바라본 것이 그를 추궁하려는 것이 아니었다. 단지 교단의 인물 61명을 죽이지 않고 도주할 정도로 실력이 있다는 것에서 놀라 대진을 바라본 것이었으나, 그는 치호의 시선을 오해한 것 같았다.

"그런 거 아니니까 흥분하지 마. 후… 마켄, 그렇다면 수배를 풀 방법이 없나? 서로 오해가 좀 있는 것 같은데."

"흠… 무슨 오해인줄은 잘 모르겠지만… 저희 쪽은 명령이 하달되면 시행하는 것일 뿐입니다. 의문 따위는 용납될 수 없지요."

"곤란한데……."

치호가 곤란한 표정을 짓고 있자 마켄은 천천히 치호에게 다가가 조용하게 말했다.

"저… 이건 원칙적으로는 안 되는 것이긴 한데 말입니다. 이건 특별히 '신탁의 주인'께서 직접 요구를 하시니 드리는 제안입니다."

"그게 뭐지?"

뭔가 해결 방법이 있을 것 같은 마켄의 말에 솔깃한 치호는 신경을 집중하고 녀석의 말이 시작되기를 기다렸다. 녀석은 잠시 망설이더니 말을 이어나갔다.

"치호님께서 수배자 '클레이'의 일이 마무리될 때까지 저 유대진의 보증인이 되시는 겁니다. 어차피 유대진과 관련된 교단의 일도 클레이와 일이 얽혀 생긴 것, 게다가 치호님께서 그렇게 확신하신다면야… 어떻습니까?"

"호… 그래? 그럼 보증이란 건 어떻게 하는 거지?"

"별것 없습니다. 그저 대진님과 함께 행동하는 것이지요. 그거면 됩니다. 생각보다 별것 없지요? 그렇게만 된다면 수배는 걱정 없으실 것입니다."

혼자 움직이는 것을 좋아하는 치호로서는 여간 귀찮은 조건이 아닐 수 없었다. 그냥 대진을 녀석들에게 넘기고 혼자 행동할까 생각했지만, 그 순간 녀석의 불안한 눈과 딱 마주치는 바람에 그런 결정을 내리기가 힘들어졌다.

"그렇긴 한데… 영… 귀찮을 것 같은데."

"하하. 누군가를 보증한다는 게 다 그런 것 아니겠습니까? 그리고 만약 치호님과 저 유대진이 따로 행동하게 되면 그때부터는 치호님이 보증을 포기하셨다는 것으로 해석, 생포가 아닌 척살 명령이 떨어질 것입니다. '신탁의 주인'이 포기한 자라면… 세상에 존재할 필요가 없겠지요."

"거참 과격하기는… 알았다. 그렇게 하도록 하지. 앞으로 이 녀석의 신변은 내가 맡도록 하지."

치호로써는 다소 귀찮은 결정이었지만 대진의 저 표정을 보고 눈앞에서 거절하기는 쉽지가 않았다. 대진의 일은 대충 일단락되는 것 같아 궁금한 것을 마켄에게 묻기 시작했다.

"대진 일은 그렇게 처리하면 되겠고, 한 가지 물어볼 게 있는데 괜찮겠나?"

"하하. '신탁의 주인'께서 묻는 것인데 제가 답하지 못할 것이 어디 있겠습니까? 궁금한 게 있으시다면 무엇이든 물어보십시오."

"고맙군. 이 세 번째 필드에서 에비안이란 지명을 가진 곳이 있나? 그곳에 좀 가야 할 것 같은데 말이야."

마켄은 치호의 입에서 에비안이란 이름이 나오자 다소 놀랍다는 듯한 표정으로 치호에게 되물었다.

"호… 치호님께서 직접 클레이를 처리하시려고 합니까? 그러실 필요 없습니다. 저희 교단을 믿어주십시오. 그런 사악한 종자는 저희만으로도……."

"잠깐, 그게 무슨 소리지? 클레이라니."

"에비안을 물으시길래… 알고 말씀하시는 것 아니었습니까? 가장 최근 클레이가 목격된 장소가 에비안 근처였기 때문에 드린 말씀이었습니다."

"에비안 근처에서 클레이가 목격되었다는 소리지?"

되묻는 치호의 얼굴은 딱딱하게 굳어 있었다. 녀석이 에비안을 향하고 있다면 분명 녀석은 뭔가 알고 있는 게 틀림없다. 퀘스트가 되었던 무엇이 되었든 녀석은 진실의 땅 에비안에 뭔가 목적이 있는 게 틀림없다. 그리고 그 목적은 어쩌면 치호가 노리는 것과 같은 것일지도 모른다는 생각이 뇌리를 스쳤다. 거기까지 생각이 미치자 치호는 더 이상 이런 곳에서 시간을 낭비하고 있을 수 없을 것 같았다.

생각을 마친 치호는 마켄에게 에비안에 대한 대략적인 위치를 전해 듣고 서둘러 신전을 나왔다.

"치호님! 이렇게 가시면… 조금 머무르시면서 저희 측 인원과 함께 에비안으로 출발하시는 것이 안전할 것입니다."

"아니다. 먼저 가지. 아무튼 정보는 고맙다. 대진! 가자."

"어? 어, 같이 가자구!"

일이 갑자기 빠르게 돌아가자 대진은 잠시 넋을 놓았는지 멍하니 서 있다가 서둘러 떠나는 치호를 따라 신전을 나섰다.

"치호, 뭐가 어떻게 된 거야? 난 클레이가 죽을 때까지 네 곁에 있어야 한다는 거야?"

"그렇게 됐다. 도망자로 사는 것보단 낫지 뭘 그래. 딱히 해야 할 일이라도 있나?"

"그런 건 아니지만… 남자 놈 둘이서만 돌아다니는 건 좀… 흠흠."

어이없어하는 표정의 치호를 보고 대진은 서둘러 화제를 돌려 다시금 치호에게 물었다.

"그래서 에비안이란 곳에 클레이가 있다는 거야?"

"지금은 아니지만 곧. 서둘러야 해."

"으… 꼭 가야 하나? 클레이 놈하고 다시 마주치고 싶지 않은데 말이야."

"뭐… 내키지 않으면 가지 않아도 된다. 신전의 눈만 잘 피해 다녀. 그럼 먼저 간다."

"어? 자… 잠깐! 같이 가자구. 그냥 말이 그렇다는 거지, 거 참. 상점으로 가는 거지? 이쪽으로 와, 이쪽이 지름길이야."

치호는 앞서가며 지름길로 안내하는 대진의 태도를 보며 피식 웃고는 말없이 녀석을 따라갔다. 가만 보면 대진은 보기 완 달리 실력도 괜찮은 것 같고 눈치도 꽤 있는 편이었다. 치호는 대진에 대한 평가를 새롭게 고치며 대진의 안내를 따라 상점가로 향했다.

＊　　　＊　　　＊

상점가에 도착한 치호는 수많은 인원에 다소 놀랍다는 듯이 거리를 구경했다. 필드를 올라 갈수록 인원이 줄어들 줄 알았는데 그런 것만은 아닌 것 같았다. 그런 치호를 보며 대진이 그럴 줄 알았다는 듯 말했다.

"생각보다 사람이 많지? 나도 처음 봤을 때는 좀 놀랐다니까? 어째 높이 올라갈수록 사람이 더 많아져… 그래서 내가 생각한 건데 말이야, 어쩌면 흩어져 있던 필드들이 높이 올라 갈수록 합쳐지는 걸지도 몰라."

"그럴 수도 있겠군. 그나저나 상점 수정은 어디에 있지?"

"그건 저쪽에… 근데 그냥 장사하는 사람들한테 구매하는 게 더 싸. 상점 수정은 정가를 받아먹어서 에누리가 없거든? 그래서 이쪽 사람들은 상점 수정보다는 상인들을 이용하는 것 같더라고."

대진의 말을 들었지만 시간이 여유로운 게 아니다 보니 상 인들과 흥정이나 하면서 천천히 물품을 구매할 상황이 안 되 었다. 게다가 돈에 여유가 없는 것도 아니니 그냥 상점 수정에 서 정비를 하는 게 나아 보였다.

"상점 개방."

치호가 상점 수정을 이용해 필요한 물품들을 빠르게 채워 나가기 시작했다. 하지만 이내 인벤토리가 부족했고, 치호는 결국 큰맘 먹고 인벤토리를 확장하기로 했다.

[인벤토리가 24칸으로 확장되었습니다. 다음 확장 시 100골드 가 필요합니다.]

'다행이군, 혹시 1,000골드라고 하면 어쩌나 싶었는데.'

인벤토리는 다시 8칸이 늘어났고 그 이상의 가격은 오르지 않는 것 같았다. 아무리 돈의 여유가 있다지만 1,000골드는 치호로서도 아직 모아본 적 없는 돈이기 때문에 쉽게 생각할 수는 없었다.

'250골드 남았나… 버는 건 힘들어도 쓰는 건 금방이군.'

치호는 다소 아쉬웠지만 그렇다고 준비를 안 할 수도 없어 빠르게 물품을 구매해 나갔다. 그런 치호의 눈에 신규 아이템 들이 눈에 들어왔다.

'호오. 냉기 외에도 온기를 뿜는 것도 있군… 일단은 구매해 두어야겠어. 개당 1실버면 괜찮군.'

'상티의 항상'은 개당 1실버였기 때문에 일반 테스터들이었다면 약간은 부담되는 가격이었지만 치호는 큰 무리 없이 각각 1,000개씩 구매해 두었다. 어차피 인벤토리 공간을 차지하는 것은 같으니 이왕 구매하는 것, 충분히 준비해 두는 게 좋을 것 같았다.

그 외에도 몇 가지 신규 아이템들을 둘러봤지만 온도 조절 기능을 가진 '상티의 항상'보다 좋아 보이는 물품은 딱히 눈에 들어오지 않았다.

'얼추 끝난 것 같군. 식량도 이정도면 충분하고… 좋아!'

"대진! 준비 끝났나?"

"어, 어. 으… 이렇게 바삐 가야 할 이유라도 있는 거야? 영 손해야 손해."

툴툴거리며 다가오는 대진을 보며 확장된 인벤토리를 이용하고도 자리가 모자랐는지 배낭까지 따로 구매해 꾹꾹 눌러 담은 치호는 배낭을 들쳐 메며 떠날 준비를 했다.

"준비 끝났으면 어서 가지. 마음 단단히 먹어, 날 따라오기가 그렇게 녹록지 않을 거다."

"흥, 따라가는 것 하나 못할까 봐? 날 너무 우습게 보는 거 아니야? 이래봬도 내가……."

"좋아. 기대하겠어."

치호는 다소 과장되게 말하는 대진을 보며 한번 웃어주고 는 에비안으로 떠나는 발걸음을 옮기기 시작했다.

"치호, 세 번째 필드에 처음 온 것 맞지?"

"무슨 문제라도 있나?"

"문제? 많지… 이게 문제가 아니면 뭐가 문제야."

그렇게 말하는 대진의 주위로는 치호가 처리한 수많은 투 클로의 사체들이 널브러져 있었다. 단 두 사람이 처리한 양이 라고는 믿을 수 없을 만큼의 양이었다.

더욱이 대진이 한두 마리 처리할 동안 치호는 배 이상을 처 리해 나가니 지금 널브러져 있는 투클로의 사체는 치호 혼자 만의 작품이라고 해도 과언이 아니었다. 그렇기 때문에 대진 은 치호의 사냥 속도에 기가 질린 것이다. 하지만 대진의 그런 마음과는 관계없이 투클로의 사체 위에서 치호가 천천히 대 진을 향해 걸어 내려오며 말했다.

"테스터가 괴물 처리하는 게 무슨 문제가 돼. 쓸데없는 소 리 할 시간에 어서 한 마리라도 처리하라고."

"어? 그렇기는 한데… 뭔가 억울한 느낌이드는 건 기분 탓이 겠지?"

"억울할 게 뭐 있어. 그 덕에 경험치도 얻고 좋잖아."

치호의 사냥 속도에 툴툴거리던 대진은 그것 또한 사실이었 기 때문에 뭐라 항변할 수는 없었다. 하지만 너무 쉽게 괴물 들을 처리하는 치호의 모습을 보다 보면 기가 죽는 것은 어쩔 수 없었다.

'〈운명의 동아줄〉이라… 이거 아주 쓸 만한데?'

치호가 투클로를 쉽게 잡을 수 있었던 것은 실력도 실력이 지만, 이번에 새로 얻은 스킬 때문이었다. 상대의 취약점을 드 러내주는 그 효과가 괴물들에게도 적용되는지 투클로를 상대 할 때 취약한 부분이 붉은 점으로 마킹되어 나타난 것이다.

이후 마킹된 곳을 집중 공략하며 투클로를 빠르게 해치운 것이지만, 그런 사실을 모르는 대진으로서는 치호의 사냥 속 도가 너무 빠르고 쉽게 진행하는 것처럼 보이니 그간 해온 자 신의 사냥이 뭔가 잘못된 것은 아닌가 하는 의구심에 빠져들 기 충분했다.

'레벨 22라… 생각보다 잘 안 오르는데… 대진과 그룹 사냥 을 해서 그런가?'

처리한 투클로에 비해 생각보다 레벨이 오르지 않았기 때문 에 든 생각이었다. 그런 치호의 생각을 알 리가 없는 대진은 연신 사기라는 둥 무언가 잘못되었다는 둥 툴툴거리고 있었다.

"에이, 이놈의 투클로 놈들. 정말 끝도 없이 나오는데… 치호! 에비안까지는 얼마나 남은 거야?"

"거의 다 도착했어. 아마 오늘 저녁에는 도착하지 않을까 싶은데?"

치호와 대진은 이야기를 나누며 다시금 에비안을 향해 발걸음을 옮겼다. 하지만 그 둘의 걸음은 이내 멈추어질 수밖에 없었다. 저 멀리서 다급한 비명 소리와 함께 괴물의 울음소리가 들렸기 때문이다. 두 사람은 그 소리를 듣고 재빨리 그 소리의 진원지를 향해 달렸다.

$$* \qquad * \qquad *$$

마치 사막처럼 주위를 가로막는 장애물이 없어서 소리가 멀리 퍼졌던 것인지 생각보다 오래 달리고서야 소리의 진원지가 눈에 보이기 시작했다. 치호와 대진은 곧바로 그곳을 향해 가지 않고 모래 언덕에 몸을 숨긴 채 일단은 상황을 살피기로 했다.

"후… 사냥 중인가?"

"…괴물이 사냥 중인 것 같은데?"

멀리서 본 소란의 근원지에는 괴물이 사람을 사냥하는 건지 사람이 괴물을 사냥하는 것인지 모를 전투가 한창 벌어지고 있었다. 하지만 그 전투의 승리는 곧 괴물이 챙겨갈 것처럼 보였다.

"치호, 어딜 가려고?"

"어딜 가긴, 다 죽게 내버려 둘 순 없잖아."

" 그냥 돌아가는 게……."

대진이 말리려 했지만 치호는 대진의 말이 끝나기도 전에 무서운 속도로 그 무리들을 향해 달려가기 시작했다. 그런 치호의 뒷모습을 보며 대진은 한숨을 쉬며 중얼거렸다.

"어휴… 귀찮아질 것 같은데, 혼자 사냥하면서 다녔다더니 이런 데서 티가 나는구만 이거. 젠장."

툴툴거리면서도 대진은 치호를 따라 달리기 시작했다. 이미 치호가 달려가버린 상황에서 혼자 숨어 있는 것도 이상했기에 얼른 치호를 따라 달려 나갔다.

*   *   *

"이 머저리들아! 똑바로 막아! 이 병신들이 스킬 안 날리고 뭐하고 서 있어! 다 같이 죽자는 거야?"

"마력 고갈이에요!"

"토… 통하지가 않아! 우린 다 죽을 거야… 으……."

"정신 똑바로 차려! 저딴 투클로 잡다가 죽으면 쪽팔리지도 않아? 길드 이름에 부끄럽지도 않냐고!"

치호가 녀석들에게 가까이 도달할 무렵 녀석들의 대화가 들렸다. 아무래도 이들은 길드에 소속되어 단체로 사냥을 나왔다가 이런 변을 당한 것 같았다.

그들 중 몇 명은 아직 포기하지 않은 것 같았으나, 대부분이 절망의 늪에 빠져 제 기량조차 내지 못하는 것 같았다. 그중 리더로 보이는 자만이 그들을 다독이며 분투하고 있을 뿐이었다. 하지만 그마저도 힘들어 보였기에 치호는 그런 그들을 뒤로하고 재빨리 투클로를 향해 달렸다.

치호의 앞에 선 투클로는 지금껏 사냥해 왔던 투클로와는 다르게 꼬리가 2개나 달린 신기한 녀석이었다. 몸집도 일반 녀석들에 비해 배는 커 보이는 것이 아마도 녀석은 변종인 것 같았다.

꾸끄끄끄끄.

녀석은 본능적으로 치호의 기세를 알아봤는지 보통의 투클로와는 다른 울음소리를 내며 치호를 경계했다. 치호 역시 녀석을 경계할 때 치호의 〈광인의 영역 선포〉에 새로운 것들이 잡히기 시작했다.

[시전자의 기량에 미치지 않는 12개체가 감지되었습니다. 제거 대상으로 등록하시겠습니까?]

"제길, 등록! 운명의 동아줄."

치호가 스킬을 외치자 어김없이 녀석의 약점이 붉은색 점으로 마킹되기 시작했고 그와 동시에 모래 언덕에서 일반 투클로들이 하나둘 튀어 나오기 시작했다.

아무래도 녀석의 울음소리는 치호를 경계하기 위한 것이 아니라 동족을 부르기 위해 울음소리인 것 같았다.

'지배자 녀석도 아닌 주제에… 다른 괴물을 불러? 나 참… 귀찮게 하는군.'

혼자서 녀석들을 처리하는 데에는 별다른 문제가 없어 보였지만, 지금 지쳐서 구석에 쓰러져 있는 놈들이 문제였다. 그들을 보호하면서 전투를 치르려니 여간 까다로운 게 아니었다.

치호가 녀석들을 어떤 식으로 공략을 할지 고민하고 있을 때 이쪽으로 빠르게 달려오는 대진이 시야에 들어오자 슬쩍 미소를 짓고는 대진에게 외쳤다.

"대진! 이들 보호해! 나머지는 내가 빠르게 정리한다!"

"에? 잠깐, 잠깐만 기다려!"

대진은 치호에게 뭔가 말을 하려는지 다급하게 치호를 불렀지만 그 목소리는 치호에게 닿지 않았다. 대진의 말이 끝나기도 전에 투글로의 꼬리가 치호를 향해 떨어졌기 때문이다.

투글로의 꼬리는 치호가 있었던 곳에 정확히 떨어졌으나 이미 그 자리엔 아무도 없어 위협적인 꼬리는 공허한 모래만 쳤을 뿐이었다.

녀석의 공격이 시작되자 치호는 찰나의 망설임도 없이 꼬리 두 개 달린 투글로를 향해 뛰어들었다.

〈운명의 동아줄〉 외에 다른 것은 발동시키지 않았음에도 압도적인 스테이터스를 가진 치호의 움직임은 다른 이들이 스킬을 쓴 것 못지않게 빠르게 느껴졌다.

게다가 지금은 보는 눈이 많으니 스킬을 사용하는 것은 최대한 자제하고 처리할 생각이었다. 자신의 전력이 어떤 식으로든 노출되는 것이 꺼려졌기 때문이다.

'큰 놈부터 처리해야겠군. 녀석이 또 무슨 수작을 쓸지 모르니.'

치호는 꼬리가 두 개 달린 녀석의 붉게 마킹된 부분을 향해 빠르게 쇄도했다. 어느새 꺼내든 파멸의 조각은 치호가 뿜어내는 검은 연기가 밖으로 퍼져 나갈 새도 없이 탐욕스럽게 검은 연기를 빨아들이며 검신을 검게 물들였다.

치호의 연기를 머금은 검은빛의 파멸의 조각은 다소 불길하게도 보였으나, 치호에게는 그저 잘 드는 한 자루의 검에 불과했다. 하지만 그런 검을 가진 치호에게 투클로 따위는 더 이상 치호에게 위협이 될 것 같지는 않았다.

치호는 모래 먼지를 일으키며 쓰러진 마지막 투클로에게서 검을 뽑아내며 경계하듯 주변을 살폈지만 더 이상 〈광인의 영역 선포〉에 감지되는 괴물은 느껴지지 않았다.

더욱이 치호 역시 위협적인 별다른 기척은 느끼지 못했기에 몸에 묻은 모래들을 툭툭 털며 투클로의 사체에서 천천히 걸어 나왔다.

그런 치호의 뒤로는 12마리의 일반 투클로 사체와 꼬리 두 개 달린 투클로의 사체가 검은 재를 토해내며 허공으로 빠르게 흩어지고 있었다.

그 모습을 보는 주변 사람들의 경악에 찬 시선이 치호를 찌를 때쯤 그들의 무리 중 리더로 보이는 이가 나서며 말했다.

"이봐! 넌 뭔데 대체 우리 사냥을 방해하는 거야!"

위기에서 구해주었음에도 가시가 돋친 녀석의 말투가 치호의 신경을 긁었다.

평소라면 그냥 무시했을 법도 하건만 치호 역시 전투가 끝난 지 얼마 되지 않아 아직 흥분이 가라앉지 않았는지 뾰족하게 받아쳤다.

"요즘엔 구해준 사람한테 방해했다고 하는 모양이지?"

"구해줘? 누가? 우리가 희생하면서 다 잡아놓은 것 마지막에 쓱싹 해먹은 게 누군데 이래? 너 어디 길드 소속이야? 우리가 헤리듐 길드인 것 알고 있겠지?"

"그래서… 다시 죽여 달라는 건가?"

"이… 이!"

녀석은 치호가 길드의 이름만 대도 설설 기며 사과를 할 줄 알았던 모양이었다.

하지만 예상과는 다르게 길드의 이름에도 겁먹지 않고 말대답을 하는 치호를 보자 생각대로 일이 풀리지 않는 것인지 치밀어 오르는 분을 참지 못하는 것 같았다.

치호는 다소 어이가 없어 주변을 둘러보자 그들도 녀석과 같은 의견인지 치호를 추궁하는 듯한 표정을 짓고 있었다.

그런 주변의 시선에 용기를 얻었는지 앞에 나선 녀석은 계속해서 치호에게 말했다.

"너… 너 이 새끼! 우리 사냥감을 채간 것도 모자라서 우리 길드까지 욕을 해? 니 얼굴 똑바로 기억해 놨어. 나중에 우리 길드가 네 녀석을 찾아갔을 때, 그때도 그렇게 말할 수 있는지 보자고."

치호는 구해주고서도 욕을 먹는 상황이 오자 슬슬 짜증이 치밀어 올랐다.

더욱이 녀석이 자꾸 길드 이름을 들먹이며 일을 복잡하게 만들어 귀찮게 할 것 같은 뉘앙스를 풍기자 치호는 고민 끝에 무언가 결정한 듯 녀석에게 말했다.

　"나중? 그런데 말이야, 네가 말하는 그 나중까지 네가 살아 있을 거라고 누가 말했지?"

　치호가 그렇게 말하고 천천히 파멸의 조각에 손을 올리며 살기를 조금씩 풀어내기 시작했다. 그 모습을 보자 방금 전 꼬리 두 개 달린 투클로와의 전투를 치루는 치호의 모습이 떠올랐는지 녀석은 주춤거리며 연신 땀을 흘리기 시작했다. 자신의 길드 이름을 듣고도 이렇게 반응할지 몰랐던 모양인지 당황하는 것 같았다.

　"그리고… 그 헤리듐인가 뭔가 하는 길드가 얼마나 대단한지 몰라도 말이야. 이 일을 전할 사람이 없으면 그만 아니야?"

　그렇게 말하고 주위를 한번 둘러보자 헤리듐 길드 녀석들의 얼굴은 사색이 되어 치호와는 눈도 마주치지 못하고 그들의 리더만 원망의 눈길로 쳐다볼 뿐이었다.

　치호도 애써 구해준 이들을 다시금 자신의 손으로 처리하는 것이 내키진 않았지만 그것 때문에 더 귀찮은 일이 벌어진다면 차라리 지금 일을 마무리 짓는 게 나아보였다.

　"그… 그런다고 누가 겁먹을 줄 알아! 어? 우리 인원 안 보여? 혼자서 우릴 다 상대할 수 있을 것 같아?"

녀석은 애써 목소리를 내며 말했지만 치호가 허리춤의 파멸의 조각을 천천히 꺼내기 시작하자 녀석은 부들부들 떨리는 다리를 애써 진정시키며 천천히 뒤로 물러나고 있었다.

그런 그의 얼굴에는 뜨거운 땀방울만이 연신 떨어져 내려 그의 마음을 대변해 주는 듯했고 표정에는 후회의 기색이 역력했지만, 돌이킬 수 없다는 것을 깨달았는지 이도저도 못하고 있을 때 녀석을 구원해주는 한 줄기의 목소리가 들려왔다.

제3장
여신의 눈

그 목소리의 주인공은 대진이었다. 대진은 두 사람의 대화를 옆에서 듣고 있다가 치호가 실력을 행사하려 하자 다급히 대화에 끼어든 것이다.

"치호, 참아. 뭐 이런 놈들을 하나씩 다 상대하려고 해. 굳이 이런 녀석들 피 묻힐 필요 없잖아. 그냥 좋게 좋게 넘어가자고."

대진은 치호를 다급하게 말리며 두 사람 사이를 비집고 들어갔다. 그런 대진이 선점한 위치는 치호의 검의 간격 안에서 대진을 함께 베지 않고서는 상대를 벨 수 없는 절묘한 위치였다. 치호가 자신의 간격으로 들어온 대진 덕에 잠시 주춤한 사이, 대진은 슬금슬금 물러서는 녀석을 향해 말했다.

"이봐 너, 너도 그만해. 뻔히 다 죽을 뻔한 거 살려줬는데 이러면 섭하지, 안 그래? 이쪽에도 영상구로 방금 상황 다 저장해 뒀으니 쓸데없이 우겨봐야 그쪽만 손해야. 알겠어?"

"그… 그래도!"

"그래도는 무슨, 그럼 이 영상구 가지고 길드 사무소로 갈까? 그럼 너희 길드장이 참 좋아할 것 같은데… 어때? 내 생각이."

대진의 말에 상대 녀석은 얼굴이 점점 홍조가 올랐다. 뚫린 입에서 나오는 말과는 다르게 살아갈 수 있을 것 같다는 희망이 들자 얼른 이 자리를 피하고 싶은 것 같았다. 이미 녀석의 머릿속에는 영상구나 투클로 따위는 잊힌 것 같았다. 그만큼 치호의 살기가 지독했으니까.

"젠장, 오늘 운 좋은 줄 알아. 알았어?"

끝까지 자존심만큼은 지키고 싶었는지 별 쓸데없는 말을 지껄이며 황급히 일행을 챙겨 떠나기 시작했다. 대진과 녀석이 나누는 대화를 옆에서 지켜보던 치호는 마치 한 편의 삼류 연극을 보는 것 같은 상황에 다소 어이가 없어 대진에게 물었다.

"이게 무슨 짓이지?"

"굳이 피 봐야 좋을 것 없잖아. 어휴, 저 멍청이들. 상대도 봐가면서 강짜를 부려도 부릴 것이지. 쯧, 그리고 녀석들도 오늘 있었던 일로 더 이상 귀찮게 하진 않을 거야. 내가 영상구가 있다고 녀석들에게 말해놨으니 일 크게 만들어봐야 자신들만 손해인 걸 알 테니까."

"영상구?"

치호가 다소 생소한 이름에 다시금 묻자 대진은 그것도 모르냐는 듯한 표정으로 말했다.

"으… 정말 지금까지 혼자 사냥 다녔어? 이건 기본이잖아, 기본. 지구에서 쓰던 카메라처럼 영상을 저장하는 물건 말이야. 그리고 안내데스크에서 남들 사냥에 끼어들지 않는다는 기본 룰 안 배웠어?"

"그런 물품도 있었군. 그런데 그건 또 무슨 의미지? 괴물 때문에 사람들이 죽어가도 끼어들지 않아야 한다는 건가?"

"그래, 뭐 안타깝긴 해도 관련 분쟁이 하도 많아서 어지간하면 끼어들지 않아. 만약 끼어들고 싶다면 내가 말한 영상구를 설치한 후 끼어드는 게 일반적이야, 영상구가 비싸서 그렇게 하는 이는 없지만."

지금껏 치호가 안내데스크를 소홀히 했던 것이 이런 부분에서 문제가 되었다. 치호로서는 상식적으로 행동한 것인데 오히려 타박을 받았다. 그런 대진의 말에 어이가 없었지만 경험치가 중요한 이곳에서는 어쩌면 그 말이 맞는지도 몰랐다.

아니 오히려 사냥 중 다른 테스터가 근접한다는 것만 해도 충분히 위협적인 행동으로 판단될 수 있었다. 이곳에서는 그 깟 알량한 아이템 때문에 테스터들끼리 죽고 죽이는 일이 비일비재하게 일어나는 곳이기 때문이다.

가만히 생각하니 자신이 그런 부분을 너무 간과하고 독단적인 행동을 한 것은 아닌지 반성이 되었다. 하지만 그럼에도 불구하고 방금과 같은 상황을 다시 마주하게 되었을 때 자신이 그 장면을 외면하고 물러설 수 있을지 장담할 수는 없었다.

"그럼 내가 실수한 건가?"

"글쎄… 실수라, 나도 잘 몰라."

그렇게 말하고 씁쓸하게 미소 짓는 대진의 입에는 지금껏 단 한 번도 보지 못했던 어두운 그림자가 얼굴에 드리워졌다. 뭔가 사연이 있는 것 같아 보였으나 그가 스스로 말하지 않는 이상 굳이 물을 생각은 없었다. 두 사람 사이에 잠시간의 침묵이 흐르자 대진은 그런 분위기를 참기 힘들었는지 얼른 분위기를 전환하기 위해 손뼉을 치며 말했다.

"자자, 우울한 이야기는 그만하고 어서 가자고. 에비안이 얼마 남지 않았다며. 이런 모래벌판에서 자는 것보다야 그곳에 가면 뭐 대충이라도 천장 있는 집 정도는 있지 않겠어? 자자,

어서 움직이자고."

그렇게 말하고 서둘러 움직이는 대진을 멀뚱히 보던 치호는 이내 녀석을 따라 움직이기 시작했다. 대진의 말대로 생각지 않은 전투 때문에 조금 지체되긴 했지만 좀 서두른다면 오늘은 에비안에서 잠들 수 있을 것 같았기 때문이다. 하지만 치호의 머릿속에서는 여전히 방금 전 상황을 떠올리며 자신이 그러한 사실을 알았더라면 어떻게 행동했을까 하는 의문이 끊이질 않았다.

*   *   *

"하… 치호, 오늘도 천장 있는 곳에서 자긴 틀린 것 같은데?"

"여기가 진실의 땅 에비안인가?"

밤 늦게 에비안의 땅에 들어섰지만 대진이 원하던 지붕 있는 집은 찾아볼 수 없었다. 두 사람의 눈에 들어온 것은 반쯤 모래에 파묻혀 버린 거대한 거점의 흔적이었다. 이곳에서는 더 이상 사람은 살지 않는 듯 쓸쓸한 사막의 바람이 두 사람을 반길 뿐이었다.

밤이 늦은 데다 기온도 점점 떨어지고 있어 서늘한 기분이 들었지만 치호는 동네 마실이라도 나온 듯 거침없이 중심부로 향하기 시작했다.

"같이 가! 의리 없이 자꾸 그렇게 혼자만 갈 거야? 밤도 늦었는데 그냥 이쯤에서 좀 쉬고 낮에 둘러보는 게 어때, 응?"

대진은 에비안이 풍기고 있는 분위기에 눌려 뭔가 꺼림칙하다는 듯 치호를 만류했다. 하지만 대진의 그런 희망과는 달리 치호의 걸음을 늦출 수는 없었고, 대진은 그런 치호를 보며 고개를 절레절레 흔들며 따라갈 수밖에 없었다.

"치호! 여기 봐, 이쯤이 신전이 있었던 자리 같은데?"

어느새 중심부까지 들어온 두 사람은 신전이라 추측되는 건물터를 천천히 둘러보았다. 모래에 반쯤 파묻혀 있고 지상으로 드러난 부분은 거의 다 훼손되어 제대로 알아볼 수 없었지만, 그 남겨진 흔적만으로 추측되는 신전의 규모는 지금껏 거쳐 왔던 그 어떤 신전보다 압도적으로 느껴졌다.

치호는 천천히 주위를 돌며 들어갈 만한 입구를 찾았다. 하지만 모래에 묻혀서 제대로 된 입구는 찾을 수 없을 것 같아 포기하려는 찰나 치호의 브로치가 희미하게 빛을 발하기 시작했다.

'호… 뭔가 있는 모양이군.'

가슴팍의 브로치가 희미하게 빛나며 신전의 한 곳을 가리켰는데, 그곳은 아쉽게도 모래로 덮인 부분이었다. 치호가 입술을 깨물며 그곳의 모래를 파헤쳤을 때 얼마 지나지 않아 치호의 손에 뭔가 딱딱한 것이 걸렸다.

"대진! 이쪽으로, 여기 뭔가 있다."

"어? 자… 잠깐! 이거 보물찾기도 아니고 심장이 쫄깃쫄깃한데?"

방금 전까지만 해도 날이 밝으면 수색을 해보자던 대진은 어디론가 사라지고 어느새 호기심이 충만한 대진이 눈을 빛내며 열성적으로 모래를 파헤치기 시작했다. 대진의 스킬인 '큐오의 호기심'이 발동한 것인지 이미 두려움 따위는 날려 버린 듯한 표정이었다.

얼마간을 더 파 내려가자 치호의 브로치가 환하게 빛을 발했고 그 순간 모래에 파묻혀 숨겨져 있던 문이 거친 마찰음을 내며 열리기 시작했다.

문이 열리자 치호는 그 안쪽을 잠시 둘러보더니 망설이지 않고 안쪽으로 들어갔다. 사실 〈에픽퀘스트 ― 진실의 장〉에서 에비안으로 가라는 단서를 따라 이곳까지 오긴 했지만, 막상 도착해서 무엇을 해야 할지 모르는 치호로서는 이런 브로치의 변화가 반갑기만 했다.

처음에는 에비안에 도착하기만 하면 메시지나 퀘스트에 무슨 변화가 있을 줄 알았건만 지금까지 별다른 변화가 없었기에 브로치의 변화에 민감하게 반응하며 망설임 없이 신전 안으로 들어간 것이다. 더욱이 지금까지는 클레이의 흔적을 발견할 수 없었지만, 신전 안으로 들어가는 다른 입구가 있다면 상황이 또 어떻게 변할지 모르기에 서둘러 신전 안으로 들어간 것이다. 하지만 이런 속사정을 알 리 없는 대진은 서둘러 움직이는 치호를 보며 중얼거렸다.

"하여튼 겁이 없어요, 뭔가 트랩이라도 설치되어 있으면 어떡하려고 그렇게 막 들어가는 거야? 목숨이 뭐 열 개라도 돼? 끄응… 같이 가!"

대진이 툴툴거리는 사이 점차 치호가 신전 안으로 사라져 가자 혹여라도 치호를 놓칠까 얼른 신전 안쪽으로 몸을 날렸다. 하지만 대진이 신전 안에서 마주한 광경은 자신이 예상하던 것과는 전혀 다른 기묘한 광경이었다.

"허… 여기 폐허가 된 거점 안 신전이 맞나? 어제까지 사람들이 관리했다고 해도 믿겠는데?"

"글쎄… 뭔가 있는 건가."

"아무리 그래도 그렇지… 게다가 괴물 조각이라니, 악취미야. 쓸데없이 디테일하게 만들어놔서 조각이 마치 살아 있는 것 같지 않아?"

치호와 대진이 신전 안쪽에 들어가서 본 광경은 밖의 폐허가 된 거점의 모습과 달리 방금 전까지 관리를 한 것 같이 정리가 잘 되어 있었고 루바란의 신전보다 화려한 수많은 조각들이 돋보이는 신전이었다.

조각상들은 인간의 조각보다는 이곳 신전이 융성했을 때 근처에서 서식했던 괴물들의 모습을 본떠 만들어놓은 듯했다. 그런 괴물들의 조각을 가리키는 대진은 언제 긴장했냐는 듯 신전을 구경하는데 여념이 없었다. 치호는 그런 대진을 보고 잠시 한숨을 내쉬고는 좀 더 주변을 살폈다. 그러자 치호의 눈에 들어오는 한 석상이 있었다.

'음? 저건.'

치호의 관심을 끈 것은 여신의 석상이었다. 다만 여신의 석상은 지금까지 치호가 보아온 여타의 석상과는 다르게 애처롭게 기도하는 모습이 아니었다.

이곳에 조각되어 있는 여신의 모습은 기존의 기도하는 여신상과는 달리 괴물들과 싸우는 듯한 모습이었다. 머리부터 발끝까지 완전 무장한 여신의 모습은 지금껏 보아왔던 여리고 나약하게만 보였던 모습과는 전혀 다른 강인한 여전사의 모습이었다.

'재미있군. 신전 녀석들이 여신의 이런 모습을 알까 모르겠군.'

색다른 여신의 모습에 치호가 감탄하고 있을 때 문득 브로치가 밝게 빛나기 시작하더니 이내 여신의 눈동자가 푸른빛을 토해내기 시작했다.

하지만 그 빛은 치호에게만 보이는지 대진은 현재 무슨 일이 일어나고 있는지 전혀 눈치채지 못하고 괴물들의 조각상을 감상하는데 여념이 없었다. 아무래도 처음 보는 종류의 괴물들도 많았기에 녀석의 호기심이 또다시 발동된 것 같았다. 치호는 급작스러운 여신상의 변화에 긴장을 했지만, 여신의 눈만 푸르게 타오르고 있을 뿐 별다른 일은 벌어지지 않자 긴장을 풀려는 찰나 치호의 눈앞에 새로운 메시지가 떠올랐다.

[에픽퀘스트 — 진실의 장]

— 진실의 편린을 추적해 이곳 에비안까지 도달한 당신의 노력은 가상하나 진실을 마주할 자격이 온전한지 아직 검증되지 않았습니다. 생과 사가 역전되는 혼란스러운 공간에서 스스로의 자격을 증명하세요. 여신의 눈빛이 바뀔 때까지 당신이 진실의 땅 에비안의 대지를 밟고 서 있을 수 있다면 자격은 충분할 것입니다.

메시지가 떠오름과 동시에 여신의 눈에서 푸르게 타오르던 빛은 색이 변해 붉게 타오르기 시작했지만 그런 변화에 당황하지 않고 차분히 떠오른 메시지 내용을 읽어 내려간 치호는 잠시 고민하는 듯싶더니 이내 뭔가 짚이는 게 있는 것인지 얼굴을 굳히며 대진에게 소리쳤다.

"대진! 전투 준비!"

"크악!"

하지만 치호가 대진을 부르는 경계의 목소리는 이미 한발 늦었는지 대진의 비명 소리가 고요한 신전 안에 메아리쳤다.

치호가 비명의 근원인 대진을 향해 고개를 돌렸을 때, 대진은 무언가에 둘러싸여 혼자서 분투하고 있었다. 대진은 장기인 채찍조차 휘두를 공간이 나오지 않을 만큼 공간을 좁혀오는 적들을 피하느라 치호를 부를 여유조차 없어 보였다.

상대의 공격을 힘겹게 피하고 있는 대진은 위태롭게만 보였고, 이미 몇 번의 공격을 허용했는지 대진의 방어구는 피로 서서히 물들고 있었다. 치호가 잠시 머뭇거리는 사이 치호와 대진 사이에는 수없이 많은 적들이 빽빽이 들어차기 시작했다.

"유대진! 조금만 버텨!"

그런 대진의 모습을 보고 치호는 재빨리 전투가 벌어지고 있는 곳으로 난입하려 했지만 적들의 방해로 그것도 쉽지 않아 보였다. 예상치 못한 적들이 가로막아 다급할 때 치호의 정신을 산만하게 만드는 메시지가 끊임없이 떠올랐다.

[시전자의 기량에 미치지 않는 118개체가 감지되었습니다. 제거 대상으로 등록하시겠습니까?]

［시전자의 기량에 미치지 않는 16개체가 감지되었습니다. 제거 대상으로 등록하시겠습니까?］

［시전자의 기량에 미치지 않는 18개체가 감지되었습니다. 제거 대상으로 등록하시겠습니까?］

"제길, 어디서 이렇게… 모두 등록."

〈광인의 영역 선포〉가 감지한 적들의 수는 점점 늘어났고, 갑자기 이렇게나 많은 것들이 어디서 나왔는지 감도 잡지 못했다. 게다가 아직도 메시지가 떠오르는 것을 보면 대체 그 숫자가 얼마나 되는지 전혀 짐작할 수 없었다. 분명 이곳에 들어올 때만 해도 이런 적들의 기색은 전혀 감지하지 못했었기에 치호로서는 납득하기 어려운 상황이었다. 하지만 이내 치호와 마주한 적을 보았을 때 녀석들이 어디서 나왔는지 어렵지 추측할 수 있었다.

'조각들이라니… 생과 사가 역전된 곳이라는 의미가 이런 것이었나?'

현재 치호를 가로막고 있는 것들의 정체는 치호가 신전의 중심부로 들어오면서 보았던 수많은 조각들이었다. 그 조각들은 유달리 괴물의 모습을 본뜬 것이 많아 의아하게 생각했었는데, 그 모든 것들이 생을 얻어 마치 생전의 괴물들처럼 움직여 두 사람을 공격하고 있는 것이었다.

치호의 앞을 가로막은 녀석들을 몇 차례나 쓰러뜨렸지만, 쓰러지는 족족 새로운 녀석들이 나타나 치호의 앞을 가로막았기에 치호는 잠시 고민하다가 대진 앞에서 한 번도 쓰지 않은 힘을 쓰기로 결정했다. 더 이상 힘을 숨기고 있다가는 대진이 죽을 것 같았기에 어쩔 수 없이 내린 결정이었다.

"19인의 악몽!"

치호가 스킬을 외침과 동시에 치호의 팔찌는 금속 마찰음을 내며 순식간에 완갑 형태로 변형되었고, 치호의 뒤편에는 악몽들이 소환되어 있었다. 그런 이들을 향해 치호는 빠르게 명령을 내렸다.

"길을 터라."

명이 떨어지기 무섭게 악몽들은 치호의 전면에 나서 길을 트기 시작했다. 마음 같아서는 〈투사의 발걸음〉을 사용해 치호를 둘러싸고 있는 녀석들을 한꺼번에 불태워 버리고 싶었지만 현재 전투를 치르고 있는 위치가 언제 무너질지 모르는 불안정한 건물 안이고, 만약 건물이 무너져 내리기라도 한다면 모래에 파묻혀 살아 나갈 수 있을지 없을지 장담할 수 없었기 때문에 악몽들을 소환한 것이다. 더욱이 치호의 경우에는 만약 모래에 파묻힌다면 모래 속에서 죽음과 생을 몇 번이나 반복할지 모를 일이기에 쉽게 투사의 발걸음을 사용하지 못한 것이다.

〈투사의 발걸음〉을 사용하지 않을 생각을 하니 마력에 평소보다 여유가 있을 것 같아 악몽들을 좀 더 소환하였고, 거기에 치호까지 합세하자 두꺼운 괴물의 벽은 점차 뚫리는 듯 싶더니 대진이 다시금 치호의 눈에 들어오기 시작했다. 치호의 눈에 비친 대진의 모습은 채찍을 억지로 휘둘러 가며 스킬까지 모조리 발동시켰는지 채찍에서 뿜어내는 불이 마치 불의 장벽을 이룬 것처럼 보였으나, 그러한 대진의 채찍도 얼마 가지 못해 멈춰 버릴 듯 위태롭기만 했다.

"대진! 거의 다 왔다! 조금만 버텨!"

대진이 힘이 빠지는 듯한 모습을 보이자 치호는 재빨리 대진을 향해 외쳤다. 대진도 끊임없이 몰려오는 괴물들 때문에 결국 포기하려는 찰나 치호의 목소리가 들려오자 다시금 마음을 잡았는지 휘두르는 채찍에서 힘이 느껴지기 시작했다.

"헉헉… 왜 이렇게 늦은 거야. 헉헉."

"괴물들이 너무 많아."

"도망가지 않은 것만 해도 어디야, 고맙군……. 그런데 저 친구들은 대체 어디서 나타난 거지?"

악몽들과 합세한 치호는 결국 괴물의 방해를 물리치고 대진의 곁에 도착했다. 대진의 곁에 도착하여 그를 중심으로 악몽들이 보호하듯 둘러싸고 있었기 때문에 가까스로 이야기를 할 틈이 생겼다. 가까이서 본 대진은 멀리서 봤을 때보다 상태가 더 좋아 보이지 않았다. 그런 대진이 거친 숨을 연신 내쉬면서도 악몽들에 대해 묻는 걸 보면 한편으로는 대단하다는 생각이 들었다. 대진의 저런 호기심을 보면 과연 스킬이 주인을 제대로 찾은 것 같은 느낌이었다.

"내 스킬이다. 저들이 시간을 벌어줄 때 어서 몸을 회복해. 괴물들이 얼마나 남았는지 모르니까."

"후… 알았어. 그런데… 저 친구들 너무 위험해 보이는데? 저기 피 흘리는 것 좀 봐. 쉴 시간이 없겠어, 제길."

"…피?"

대진은 그렇게 말하고는 인벤토리에서 포션을 하나 꺼내 재빠르게 마시고 상처 부위에 발랐다. 하지만 치호는 대진의 말에 의아함을 느껴 악몽들을 살폈더니 정말 녀석의 말대로 악몽들이 피를 흘리고 있었다.

'하… 생과 사의 역전의 공간이라… 별게 다 거슬리게 만드는군.'

어쩐지 더 많은 인원의 악몽을 소환했음에도 괴물의 벽을 뚫어내는 그들의 위용이 예전만 못하다고 생각했는데 과연 이런 이유가 숨어 있었다. 악몽들은 마치 살아 있는 인간처럼 상처를 입고 그 상처가 제대로 회복되지 않고 있었던 것이다.

치호의 힘을 끌어다 쓰면서도 그 효과를 제대로 받지 못하는지 힘은 힘대로 쓰고 그 효율이 제대로 나오지 않고 있었다.

"치호, 그런데 대체 이 괴물들은 언제까지 쏟아지는 거지? 제길… 여기서 까딱하다가 뼈를 묻겠는데? 하하. 뭐… 오래도 버텼지. 신전에서 죽는 것도… 썩 나쁘지 않은 죽음일지도 몰라."

대진의 포션을 마시고 몸을 회복하면서도 이곳에서 죽음을 예상했다는 듯 자조적인 웃음을 지으며 이야기했다. 마치 죽기 전에 마지막 발악이라도 한번 해보려는 듯한 모습으로 이곳에서 살아나갈 생각은 그리 크지 않아 보였다. 그런 대진을 보며 치호는 여신의 조각상을 힐끗 보고 나서는 뭔가 확신한 듯 대진에게 말했다

"이 녀석들도 무한하지는 않을 터. 버틴다, 버티면 살아 나갈 수 있다."

"그랬으면 좋겠지만… 후, 알았어. 해보자고."

"그래, 아직 포기하기는 이르지. 율리아의 전투 함성!"

치호는 남은 마력을 어떻게 사용할까 하다가 〈율리아의 전투 함성〉을 사용하기로 결정했다. 어차피 사방이 둘러싸인 지금 악몽을 더 소환해 봐야 자신의 힘만 축내는 맥 빠진 저 악몽들은 큰 도움이 될 것 같지 않았고, 옆에 있는 대진마저 사

기가 떨어져 있어 제대로 힘을 쓸 수 없을 것 같기에 선택한 것이다. 스킬이 발동되자 치호의 몸에서 마력이 일순 100이나 빠져나가 탈력감이 찾아왔다. 지금은 악몽도 소환해 둔 상태라 더 이상 남은 마력은 없었다. 이 스킬 하나에 희망을 건 것이다.

스킬을 외침과 동시에 치호를 중심으로 눈부신 빛이 터져 나왔고 그 빛은 악전고투하는 악몽들과 대진을 감싸 안기 시작했다. 예고도 없이 터져 나온 빛이 악몽들을 둘러싼 순간, 그들 내부에서 뭔가 변화가 있는 것인지 악몽들이 지금껏 보지 못했던 행동을 하기 시작했다.

"악의 종자들을 처단해라!"

"나의 주인, 부족의 구원자 앞길을 막는 자, 죽어서도 편치 못하리."

"한 줌의 흙으로 돌아가라. 히야!"

"믿음에 부흥하지 못하는 투사는 투사가 아닌 법, 진정한 투사가 무엇인지 보여주마."

갑작스러운 악몽들의 변화에 치호는 당황스럽기만 했다. 전혀 예상치 못한 순간이 치호에게 다가온 것이다.

악몽들이 갑자기 각자의 전투 함성을 외치기 시작한 것이다. 생과 사가 역전된 이 공간에서 치호의 〈율리아의 전투 함성〉 스킬이 더해지니 묘한 효과를 낸 것 같았다. 즉 그들이 상실했던 이지를 잠시나마 회복하게 해준 것 같았다. 아니 회복이 아니라 일시적으로 깨어나게 해준 것인지도 몰랐다. 하지만 그러한 사실을 알 리 없는 치호로서는 당황스럽기만 했다.

'악몽들이… 말을 해?'

치호로서도 예상치 못한 일이었기에 일순 얼굴이 딱딱하게 굳었다. 그들의 함성을 듣자면 얼마 전 치렀던 전투의 내용까지 알고 있는 듯했다. 이지를 상실했을 것이라 생각했던 것과는 다르게 전투까지 생생히 기억하고 있는 것 같은 그들의 모습에 치호는 때 아닌 혼란이 찾아왔다. 그런 혼란 속에서 정신을 차리지 못하고 있을 때 대진이 치호에게 말했다.

"치호! 정신 차려! 포기하기 이르다면서, 가자고 어서!"

"어? 어… 그래."

"정신 똑바로 차려! 저들 다 죽는 거 보고만 있을 거야?"

대진은 악몽들에 대해서 잘 모르기 때문에 그들이 진짜 살아 있는 사람인 줄 아는 것 같았다. 더욱이 방금 전까지 다 죽어가던 대진은 스킬의 영향을 받아 사기가 충만해져 오히려 치호를 다독이고 있는 아이러니한 상황이 연출되었다.

치호는 그런 대진 덕에 정신을 어느 정도 차리고 생각을 정리할 수 있었다. 지금은 어찌 되었든 저 괴물들을 막아내는 게 급선무다. 방금 전 여신의 눈을 보았을 때 붉은빛이 조금 감소된 것을 보면 아마도 저 빛이 모두 사그라질 때까지 버티면 원래대로 돌아가는 것 같았다. 에픽 퀘스트에서도 그 비슷한 말을 언급했으므로 치호는 확신한 것이다.

"후… 좋아. 버티자. 버티면 이긴다."

치호는 스스로를 다잡으며 파멸의 조각을 잡았다. 그러고는 망설임 따위는 모두 털어버린 듯 치호의 발걸음은 한결 가벼워 보였다.

"대진! 뒤에서 엄호해!"

"이제야 내 채찍 실력이 필요한가 보지? 흥, 걱정 말고 공간만 확보해 줘! 그 다음은 내 〈볼프의 채찍〉이 너희를 보호할 테니까."

치호의 외침에 대진은 미친 듯이 채찍을 휘두르기 시작했고 치호의 사각에서 들어오는 공격을 시기적절하게 쳐내기 시작했다. 게다가 대진의 채찍은 마치 살아 있는 뱀처럼 움직여 전장의 한가운데서 발군의 효과를 보였다. 대진에게 괴물들이 다가가지 못하도록 치호와 악몽들이 공간을 만들어주자 대진은 물 만난 물고기처럼 채찍을 휘두르기 시작했고, 그 채찍이 한번 내려쳐질 때마다 공기를 찢어발기는 섬뜩한 파공음을 남기며 괴물들은 순식간에 쓰러뜨려 나가기 시작했다. 두 사람이 분투하는 모습에 보답이라도 하듯 여신의 눈을 밝히는 붉은빛은 시간이 지남에 따라 점차 그 힘을 잃어가고 있어 두 사람에게 생존의 희망이 비치는 것 같았다.

[시전자의 기량에 미치지 않는 51개체가 감지되었습니다. 제거 대상으로 등록하시겠습니까?]

"허억… 허억."

"쿨럭."

치호와 대진은 연신 거친 숨을 토해내고 있었다. 두 사람 모두 분투했지만 괴물들은 여전히 줄어들지 않고 어디선가 계속해서 쏟아져 나오는지 〈광인의 영역 선포〉는 새로운 적들을 계속해서 감지해 내는 것 같았다. 그런 메시지를 보고 치호는 아직은 아니라는 듯 힘겹게 입을 떼었다.

"등… 록."

입안이 바짝 말라 있는 치호에게 등록이라는 짧은 말을 하는 것조차 힘겨워 보였다. 치호가 새로운 적들을 등록하는 동안에도 대진은 여전히 채찍을 휘두르고 있었다. 그런 그의 손바닥은 살가죽이 모두 벗겨져 피가 줄줄 흐르고 있었지만 포션조차 마실 시간이 없는 것인지 상처 입은 손으로 열심히 채찍을 휘둘렀다. 하지만 이내 한계인 듯 천천히 손이 느려지기 시작했다.

"쿨럭… 치호, 미안해… 이러고 싶지 않은데… 팔… 팔이 올라가질 않아."

매섭게 떨어지며 섬뜩한 파공음을 내던 대진의 채찍은 결국 멈추어 버렸고 대진은 치호에게 무엇이 그리도 미안한지 채찍을 들어 올릴 힘조차 없어 축 늘어진 자신의 팔을 원망스럽게 바라볼 뿐이었다.

그런 대진을 보며 치호의 머릿속에는 수십, 수백 가지의 생각이 들었다. 자신 안의 또 다른 녀석을 불러야 할까, 아니면 위험을 감수하고서라도 〈투사의 발걸음〉을 사용해 이 일대를 모두 검은 불길의 바다로 만들어 버릴까 하는 생각들 말이다. 하지만 현재 마력도 부족하거니와 자신 안의 다른 녀석을 깨웠다가 자칫하면 대진은 자신의 손에 죽을 수도 있어 쉽게 판단을 내리지 못했다.

'제길… 방법이 없나?'

치호로서는 극단적인 방법을 선택을 피하면서 이 상황을 타개해야 하다 보니 방법이 보이지 않아 점점 초조해졌다. 더군다나 누적되는 대미지를 감당하지 못했는지 악몽들이 하나둘 역소환되더니 현재는 2명의 악몽들밖에 남지 않았기에 치호는 더욱 초조할 수밖에 없었다. 그런 상황에서 치호는 문득 가지고 있는 아이템이 하나 떠올랐다.

'토트샤의 깃털!'

테스트 필드 내 장소로 전송을 시켜주는 아이템인 〈토트 샤의 깃털〉은 현재 3개를 가지고 있으니 대진과 자신이 사용 해도 무리는 없을 것이다. 다만 이런 곳에서 사용해야 한다는 게 자존심이 상할 뿐이었다. 좀 더 유용한 곳에 쓰려고 했는 데 어처구니없이 도주하는데 사용해야 한다는 게 마음에 들 지 않았다.

하지만 이제는 정말 시간을 지체하다가는 대진이 위험해질 것 같았다. 치호가 재빨리 〈토트샤의 깃털〉을 꺼내려고 인벤 토리를 열려고 하는 찰나 치호의 눈에는 그렇게 기다리던 메 시지가 떠오르기 시작했다.

[역전의 공간이 곧 해제됩니다. 준비하세요.]

[10]

[9]

치호는 떠오르는 메시지를 보고 〈토트샤의 깃털〉을 꺼내려 던 손을 멈추고 다시금 대진에게 피를 토하듯 외쳤다.

"대진! 다 끝났다! 10초! 10초면 끝난다!"

대진은 치호의 그런 외침을 듣고 다시금 기운을 내려는 것 같았지만 생각처럼 쉽게 기운을 낼 수는 없는지 여전히 채찍은 휘두르지 못했고 괴물들의 공격을 피해내는 것이 고작이었다.

[5]
[4]

"빨리… 제길."

치호 역시 달려드는 괴물들을 향해 남은 기력을 모조리 쏟아부으며 저항했지만 카운트는 그 어느 때보다 천천히 떨어지는 것만 같았다.

[1]
[0]

[훌륭히 자격을 증명해 내었습니다. 테스터 황치호는 진실을 마주할 자격을 스스로…….]

카운트가 끝나자마자 새로운 메시지가 떠올랐지만 치호는 그런 메시지 따위를 읽어볼 생각도 않고 그대로 대진에게 달려갔다. 마지막까지 괴물들에게 저항하는 그의 모습이 심상치 않았기 때문이다.

"쿨럭… 우리… 가 이겼어?"

"그래, 우리가 이겼다."

대진은 피를 토해가면서도 승부의 결과에 대해 물었고 그런 물음에 치호가 대답해 주자 그제야 마음이 놓인다는 듯 천천히 눈을 감는 대진이었다. 그런 대진의 모습에 화들짝 놀라 치호는 자신의 포션을 모조리 꺼내 대진에게 들이부었다.

그리고 일정량을 먹이자 대진은 포션의 고통 때문인지 아니면 이겼다는 안정감 때문인지 깊은 잠에 빠져든 것만 같았다. 그런 대진을 진맥하며 치호는 깊은 안도의 한숨을 토해냈다.

"후… 다행히 늦진 않았군."

대진의 상태를 보니 포션을 제때 먹여 늦지는 않은 것 같았다. 조금만 늦었어도 생사를 장담할 수 없었겠지만 치호의 빠른 대처 때문에 대진의 목숨을 구할 수 있었다. 곤히 잠들어 있는 대진을 보다가 고개를 돌려 다시금 여신상을 보았다. 그랬더니 역시 예상했던 대로 여신의 눈은 다시금 푸르게 타오르고 있었다.

"쯧."

치호는 그런 여신상을 보고 기분 나쁘다는 듯 혀를 차고는 이내 메시지를 확인했다. 예고도 없는 이런 전투 때문에 희생을 치를 뻔했고 자신 또한 위험했기 때문에 기분이 나빴던 것이다. 하지만 그런 기분을 차분히 갈무리하고 천천히 메시지를 읽어 내려가기 시작했다.

[훌륭히 자격을 증명해 내었습니다. 생과 사의 역전의 공간이라는 혼란스러운 상황에서도 흔들리지 않고 난관을 극복한 당신에게 경의를 표하며 칭호를 부여합니다.]

〈칭호 ─ 명경지수〉

─ 주변의 혼란스러운 상황에서도 흔들리지 않고 냉정하게 사태를 파악하고 위기를 극복한 자.
─ 마력 +33, 저항력 +5%

[에픽 퀘스트 발동 조건 완료. 에픽 퀘스트의 조건이 충족되었습니다. 에픽 퀘스트를 수락하시겠습니까?]

'명경지수라… 그리고 레벨이 26… 하긴, 그만큼 많이 쓰러뜨리긴 했지.'

치호는 떠올라 있던 메시지를 모두 읽어 내렸을 때 얼마나 많은 괴물들을 처리했는지 잘 오르지 않던 레벨이 벌써 26이 되어 있었다. 평소라면 기뻐했을지도 모를 일이지만 레벨이 순식간에 오른 만큼 치호의 전투 또한 치열했으니 썩 기뻐할 수만은 없었다. 더군다나 옆에 대진이 아직 회복하지 못한 채 쓰러져 있는 상황에서 그깟 레벨 좀 올렸다고 좋아할 건 아니었다.

"수락."

치호가 마지막 떠오른 메시지에 화답했다. 어차피 이것을 획득하려고 이 고생을 했는데 수락하지 않을 이유가 없었기에 망설이지 않고 수락을 선택했다.

[에픽 퀘스트 ― 진실의 장]

― 발동 조건:

1. 증명의 장을 완료한 자.

2. 여신의 눈빛을 온전히 받아낸 자.

3. 조각을 소유한 자.

― 내용:

영웅, 세크.

그 허망한 이름 아래 수많은 인재가 모였지만 영웅은 결국 그들을 배신하고 아픔만을 남긴 채 사라졌습니다. 하다못해 그와 영원한 맹약을 맺어 그를 도왔던 영수(靈獸) '와린' 역시 그의 버림을 받아 현 필드에 잔존해 있습니다. 버림받음에 분노한 와린은 남겨진 필드의 지배자로써 군림하여 필드를 지배하고 있습니다. 하지만 영웅과 가장 가까이했던 그 와린만은 영웅에 대한 진실을 가지고 있을 것입니다. 와린을 만나 영웅에 대한 진실의 편린을 획득하세요.

'영웅의 영수(靈獸)?'

에픽 퀘스트 진실의 장의 내용을 읽은 치호의 얼굴에는 의아한 기색이 역력했다. 영웅에 대한 진실의 편린을 찾으라는 것이 이 세계의 진실과 무엇이 연관되어 있는지를 현재까지는 알 수 없었기에 든 의문이었다.

셸렌의 말에 따르면 이곳 에비안에서 창조자에 대한 단서를 발견할 것 같은 뉘앙스로 자신을 이곳으로 인도했지만 막상 도착해보니 영웅에 대한 이야기뿐이다.

창조자와 영웅이 어떻게 연관되어 있는지 알 리가 없는 치호로서는 당황스러울 뿐이었다. 게다가 가만 보면 영웅 세크라는 자는 퀘스트에서 언급했듯이 여기저기 원한의 씨앗을 뿌리고 다닌 인물 같았다. 셸렌을 비롯해 자신의 갑주와 신발을 만든 장인 벨리안, 그리고 현 필드의 지배자 영수까지.

이외에도 자신이 알지 못하는 것이 더 있을 수 있긴 하겠지만, 세크라는 인물은 영웅치고는 기이한 이력을 가지고 있는 묘한 인물이었다.

'와린이라… 이건 또 어디서 찾아야 하나.'

영웅에 대한 이야기는 이야기고, 일단은 와린에 대해서 찾아야 하기 때문에 난감해지기 시작했다. 에픽 퀘스트의 내용을 보면 결국 이리저리 에둘러 이야기하긴 했으나 현 필드의 지배자를 처단하라는 내용인 것 같았다.

'일단 와린의 단서부터 찾아봐야겠군.'

치호가 퀘스트의 대한 생각을 정리하고 돌아서려 할 때 다시금 파멸의 조각에 손을 얹을 수밖에 없었다. 치호의 앞에 있던 여신상의 눈이 점차 빛을 내며 더 밝게 타오르기 시작했기 때문이다.

'쉬질 못하겠군, 정말.'

그렇게 생각하고는 세상모르고 잠들어 있는 대진을 힐끗 보았다. 만약 방금 전과 같이 괴물들이 다시 나타나기라도 한다면 이번에는 망설임 없이 〈토트샤의 깃털〉을 사용해야 할 것이다. 쓰러져 있는 대진까지 보호해 가며 그 많은 괴물들을 상대하기엔 너무 위험하기 때문이다. 대진을 신경 쓰지 않고 버티기만 하는 것이라면 어떻게든 될지 모르지만 함께 역경을 극복한 대진을 어느 순간부터 쉽게 버릴 수 없는 존재가 되었다.

그런 치호의 생각과는 별개로 여신의 눈은 점차 빛을 더해 가며 더 밝게 타오르기 시작했고, 그 빛이 신전의 구석구석을 밝힐 만큼 눈부시게 타오르기도 잠시 모든 빛이 일순 치호에게 쏟아지기 시작했다.

"크윽."

자신을 향하는 빛 때문에 치호는 자신도 모르게 눈을 감았고 그 순간 세상의 시간이 멈춘 듯한 고요가 찾아왔다. 그 고요 속에서 치호가 천천히 빛에 적응하며 눈을 떴을 때는 방금 전 신전의 모습과는 전혀 다른 풍경이 눈앞에 펼쳐지고 있었다.

'여긴……'

새하얀 공간.

하늘도 땅도 모두 하얀 새하얀 공간이었다.

그 공허한 공간에서 치호가 혼란스러워하고 있을 때 무언가가 천천히 치호를 향해 걸어 나왔다. 새하얀 공간을 가르며 천천히 걸어 나오는 그 인영은 빛에 둘러싸여 있었지만 치호는 그것이 누군지 단번에 알아낼 수 있었다.

'여신?'

석상에서 보았던 바로 그 여신이었다.

그 여신이 치호의 곁으로 천천히 걸어오고 있었다. 치호는 자신도 모르게 파멸의 조각을 움켜쥐고 있었고 그것을 잡은 손에는 땀이 흥건하게 배어 있었다.

갑작스레 자신에게 다가오는 여신을 경계했지만 그 여신에게서는 어떠한 살기나 다른 행동의 기미도 보이지 않았다. 그저 웃음도 울음도 아닌 기묘한 표정을 지으며 치호에게 천천히 다가올 뿐이었다.

"그만, 더 이상 가까이 오면 벤다. 무엇 때문에 날 이곳으로 부른 거지?"

여신이 치호의 영역 안으로 들어오자 치호는 더 이상은 사정을 봐줄 수 없다는 듯이 여신에게 경고하듯 말했다. 그런 여신에게는 아직까지 살기가 느껴지지 않아 치호로서도 섣불리 공격하기 꺼려졌기 때문이다.

"… 편린… 영웅… 조각들… 기억……."

"뭐라고?"

여신은 무언가 치호에게 간절히 전하려는 것 같았으나 그 목소리는 제대로 들리지 않았다. 마치 무언가 가로막고 있는 것처럼 여신의 음성은 제대로 치호에게 전달되지 않았는데, 여신은 그런 것을 알고 답답하다는 듯이 점점 더 치호와의 거리를 좁혔다.

"그만, 더 이상 오지 마라. 더 가까이 오면 벤다."

여신의 간절한 표정이 뭔가 꺼림칙하긴 했지만 치호로서는 적인지 아군인지도 모르는 여신이 자신의 영역 안으로 들어오게 둘 수는 없었기에 다시금 경고했다. 하지만 여신은 자신은 베여도 좋다는 듯 거리를 좁히고 무언가 전달하려 애쓰는 모습이었지만 치호는 자신의 경고를 두 번이나 무시한 여신을 그대로 둘 수는 없었다.

"허튼수작 부리지 마라. 이건 네가 자초한 일."

치호는 한 손에는 어느새 빼어든 파멸의 조각이 들려 있었고 말이 끝나기 무섭게 자신의 경고를 무시한 여신을 향해 쇄도하기 시작했다.

제4장
벨리안의 후손

사방이 온통 하얗고 뻥 뚫린 이 공간에서 여신에게 쇄도하
는 치호를 막을 것은 아무것도 없었다. 그렇기에 치호는 눈
깜짝할 사이에 이미 여신의 앞에 도달했고 그 순간 파멸의 조
각은 거칠게 여신을 향해 떨어져 내렸다.

　"크윽."

　치호와 여신 사이에는 아무것도 가로막은 것은 없었지만
검은 여신의 몸에 닿기도 전에 엄청난 저항감을 느껴야 했다.
결국 그 저항감에 검은 그녀의 몸에 닿지 못하고 몸 언저리에
서 그대로 멈추어 버렸다.

"크하악!"

하지만 치호 역시 이 정도 일은 예상이라도 한 듯 지체하지 않고 파멸의 조각에 자신의 힘을 마구 불어넣기 시작했다.

그러자 파멸의 조각의 검신은 검다 못해 마치 보는 이조차 빨려 들어갈 것 같은 검은빛을 뿜어내는 한 줄기 빛이 되었고, 그 순간 검은 빛줄기와 보이지 않는 저항감이 서로 싸우듯 치호의 검이 부들부들 떨리는 것 같더니 결국 치호가 좀 더 우세한 듯 듯 천천히 검이 여신을 향해 나아가기 시작했다.

'베었… 이게 무슨!'

치호의 검은 천천히 저항감을 물리치고 마침내 여신이 있던 자리를 베었지만 치호가 원하는 결과와는 거리가 먼 일이 눈앞에 펼쳐지기 시작했다.

지지직.
쨍그랑.

치호의 예상과는 달리 여신을 베지 못하고 그녀가 서 있던 공간을 베어버린 듯 공간 자체가 깨져 버렸다.

마치 거울에 비친 여신의 모습을 베어버린 것처럼 허망한 결과였다.

"……."

깨어져 가는 공간 뒤로 대진이 쓰러져 있는 신전의 모습이 나타났고 이내 새하얀 공간이 붕괴되는 속도는 더욱 박차를 가하기 시작했다. 하지만 무너져 내리는 공간 속에서도 여신은 그저 무엇인가를 치호에게 전하려는 목이 터져라 외치는 듯했지만 여전히 여신의 목소리는 치호에게 닿지 않았다.

"무슨 말을 하려는지 몰라도 다음엔 이렇게 쉽게 넘어가지 않을 거다."

치호는 무너져 가는 공간 속의 여신에게 경고하듯 이야기 했다. 하지만 그녀는 치호의 차가운 말에도 불구하고 금방이 라도 눈물을 흘릴 것 같은 애처로운 표정을 짓고 있었다. 납득이 되지 않는 여신의 표정을 보고 그녀에게 무엇인가 말하려는 찰나 새하얀 공간은 모두 허물어졌는지 치호의 앞에는 빛을 잃은 여신상만이 덩그러니 치호를 반길 뿐이었다.

"…현혹하려 들지 마라."

눈앞의 빛을 잃은 여신상을 보며 마치 여신에게 얘기라도 하는 것처럼 중얼거렸다. 하지만 아무런 반응이 없는 여신상 이었고 그런 여신상 앞에서 치호는 잠시 생각을 정리하듯 망부석처럼 서있었다.

"후… 정말 이곳은 알다가도 모르겠군."

어느 정도 혼란스러운 감정을 정리한 치호는 파멸의 조각

을 다시 검집에 넣으며 대진에게 천천히 걸어갔다. 이곳에서
더 지체하다가는 또 무슨 일이 벌어질지 모르기에 어서 신전
을 빠져나가야 할 것 같았다.

대진을 둘러멘 치호가 슬쩍 뒤돌아 여신상을 힐끗 보고는
걸음을 재촉해 신전을 빠져나가기 시작했다. 신전 안에 덩그
러니 남겨진 여신의 석상은 떠나가는 치호의 등을 망연히 바
라보는 듯했다.

*   *   *

"우아아악!"

무수한 별빛이 쏟아져 내릴 것 같은 고요한 밤 하늘 아래
대진의 비명 소리가 울려 퍼졌다. 대진은 비명을 지르며 일어
나 주위를 둘러보았지만 모래언덕과 작은 모닥불 하나만이 대
진을 반길 뿐이었다.

"결국… 이렇게 죽어버렸군. 제길."

마지막으로 기억이 끊겼던 신전의 모습이 아닌 전혀 다른
풍경에 대진은 자신이 결국 죽은 것이라고 판단한 듯 체념하
는 모습이었다. 그런 대진의 뒤로 치호가 어둠을 가르며 나타
나 조용히 말을 걸었다.

"일어났나?"

"왐마! 깜짝이야! 치… 치호?"

대진은 자신이 죽은 것인 줄 알았는데 치호가 눈에 보이자 뭔가 희망의 빛이 떠오른 것처럼 다급하게 말했다.

"괴물은? 아니, 우… 우리 살아 있는 거야?"

"쓸데없는 소리 말고 이거나 마셔."

"어? 어… 그래."

치호는 대진에게 물 한 잔을 건넸고 대진은 치호가 건넨 물을 받아 마시며 슬쩍 자신의 볼을 꼬집어보았다.

"하하. 살았어… 우리가 살아 있다고!"

대진은 살아 있다는 것이 기쁜지 연신 살아 있다고 외치며 호들갑을 떨었다. 그런 대진의 모습을 보고 치호는 가볍게 한숨을 쉬고 대진에게 말했다.

"대진, 호들갑은 그만 떨고 몸이나 점검해. 모닥불을 피워놓긴 했지만 여긴 테스트 필드잖아."

"어… 어. 그래, 그렇지. 그런데 어떻게 된 거야?"

대진도 치호의 말을 알아들었다는 듯이 차분히 마음을 가라앉히기 시작했고 치호에게 자신이 정신을 놓고 난 후 일어난 일에 대해서 물었다. 치호는 여신의 새하얀 공간에 대해 말해 줄까 하다가 그만두었다. 자신도 어떻게 된 것인지 확실치 않은데 대진에게 말했다가 녀석의 호기심이 발동해 자신을 귀찮게 할 게 틀림없기 때문이다.

"그렇게 된 거군. 후… 정말 다행이야. 이거 뭐, 클레이 놈 찾으러 왔다가 별꼴을 다 겪는군. 제길. 그래서 이제 어떻게 할 거야? 여기서 클레이를 계속 기다릴 수도 없고 말이야."

"글쎄, 지금으로써는 여기서 좀 더 기다려 보다가 안 되면 가까운 신전이라도 찾아야 할 것 같군. 녀석들이라면 클레이가 어디로 갔는지 알 테니 말이야."

"후… 사실 이 넓은 테스트 필드에서 누군가를 만난다는 게 쉬운 일은 아니긴 해. 아무튼 클레이 녀석 때문에 이게 무슨 개고생인지 몰라."

대진은 툴툴거렸지만 그럼에도 표정은 썩 나쁘지 않아 보였다. 죽을 고비를 넘겼음에도 불구하고 치호와 신전에서 겪었던 일들이 대진에게는 흥미롭게 느껴지는 것 같았다. 녀석의 스킬이 호기심을 채우면 그만큼 경험치가 상승하는 것이라서 그런지 몰라도 대진은 귀찮다며 툴툴거리면서도 진심으로 하는 말은 아닌 것 같았다. 그런 대진을 보던 치호는 문득 어두운 밤의 한 쪽 방향을 멍하니 바라보는 듯싶더니 이내 천천히 입을 떼었다.

"대진, 준비해. 뭔가 이쪽으로 온다."

치호의 말에 대진은 군말 없이 서둘러 장비를 점검했다. 아무래도 치호의 영역에 무엇인가 감지된 것 같았다. 대진이 준비를 끝내자 치호는 자신에게 다가오는 무언가를 향해 신경을 집중했고 그 정체에 대해서 알아낼 수 있었다.

"사람? 쫓기고 있는 것 같은데."

뭔가 다급하게 이쪽으로 뛰어오는 기척 하나와 그를 쫓는 일단의 무리들이 치호의 시야에 들어왔다. 쫓는 이들의 기세가 보통 흉흉한 게 아니다 보니 멀리서 바라보는 치호마저도 그들의 기세를 읽을 수가 있었다.

"응? 쫓겨? 에이, 치호. 일이 복잡해질 것 같은데 우리는 빠져 있자고. 괜히 저런 일에 끼어들었다가 원수질 일 있어?"

대진은 쫓기는 인물이 만약 괴물에게 쫓기는 것이었다면 도와줄 용의는 있었지만 같은 사람에게 쫓기는 것을 알자 발을 빼려는 듯한 모습이었다. 아무래도 귀찮은 일이 생길 것 같아 우려하는 모습이었다. 치호 역시 대진의 말에 동의했기에 기척을 죽이고 그저 그들이 지나가길 기다렸다.

"음… 대진. 그런데 말이야. 이쪽으로 오는데?"

"망할! 왜 이쪽으로 오는 거야! 사방팔방 도망칠 곳도 많구만 왜 하필… 제길."

대진은 쫓기는 인물에게 원망의 눈길을 보내며 제발 이쪽으로 오지 않기만을 기도하는 것 같았다. 뒤쪽에 오는 인물들의 숫자가 꽤나 많았기에 대진도 부담스러운 것 같았다.

"귀찮게 됐군."

치호는 그들을 끝까지 바라보다가 확정이 되었다는 듯 말했다. 쫓기고 있는 인물이 치호와 대진을 향해 일직선으로 달려오고 있었기 때문에 그들과의 충돌은 피할 수 없어 보였다.

'상태가 좋진 않군. 저런 몸으로 도주하고 있는 건가.'

점차 거리가 좁혀지자 쫓기는 인물에 대해 좀 더 정확하게 파악할 수 있었다. 쫓기는 인물은 복면을 쓰고 있어 얼굴은 정확히 판별을 할 수 없지만 비틀거리는 걸음걸이나 행색을 보아 정상인 상태는 아닌 것 같았다. 저런 몸 상태로 용케도 여기까지 도망쳐 온 것 같았다. 그 복면인은 결국 치호 일행이 있는 곳으로 당도하여 대진을 발견하고는 다 죽어가는 목소리로 말했다.

"왜 여기 사람이… 미안해요."

복면을 뚫고 나온 목소리는 여자의 목소리였다. 그 여자는 치호를 보지 못한 듯 대진을 보며 미안하다는 말만 남기고 그대로 고꾸라져 버렸다. 아마 정신을 잃은 듯 보였는데 대진은 그런 그를 보며 거칠게 말을 쏘아붙였다.

"으… 이게 뭔 민폐야! 제길. 죽으려면 곱게 죽던가."

대진이 쓰러진 여자를 보고 툴툴거리는 것이 끝나기도 전에 여자를 쫓던 인물들이 하나둘 모습을 드러내기 시작했다. 그런 이들 중 흑발을 하고 양쪽 허리춤에 각각 검을 한 자루씩 착용한 남자가 나서며 말했다.

"거봐. 내가 한패가 있을 거라고 했지? 한데… 꼴랑 두 명? 나 참… 우리 헤리듐 길드가 우습게 보였나 봐?"

흑발의 남자는 치호와 대진이 복면 여자와 한패라는 것을 단정 짓듯 말했다. 하지만 치호는 그런 것보다 헤리듐이라는 길드 이름에 관심이 쏠렸다. 아무래도 헤리듐 길드와는 인연이 깊은 것 같았다. 지난번에는 대진 때문에 피를 보지 않고 넘어갔는데 이번에 또다시 헤리듐 길드의 인원들과 충돌이 일어날 것만 같았기에 든 생각이었다.

길드 이름에 관심을 가진 치호와는 달리 대진은 복면 여자와 일행이라는 오해를 풀기 위해 다급하게 말했다.

"아니 잠깐만! 아니야! 우린 일행이 아니라고, 우린 그저 노숙하던 중이었는데 얘가 그냥 이쪽으로 온 거라니까? 정말이야!"

"흥, 말이 되는 소리를 해야지. 이 넓은 사막에서 도망치는 저년이 하필 너희를 만날 확률이 얼마나 된다고 생각하나?"

대진의 말을 받은 남자는 비아냥거리듯 받아쳤고 대진은 그 말에 딱히 반문할 수가 없었다. 자신이 생각해도 어이가 없는 이 상황 때문에 말문이 막힌 것 같았다.

"아 답답하네, 진짜인데 어쩌라고!"

대진은 괜한 오해가 억울하다는 듯이 말했지만 그들은 도통 믿어주질 않았다. 대진과 흑발의 남자가 실랑이하던 사이

치호는 복면 여자의 얼굴을 슬쩍 확인하고는 천천히 대진 앞
으로 나서며 흑발의 남자에게 물었다.

"이 녀석이 무슨 잘못을 했기에 이 모양이지?"

"흥, 너희가 그딴 걸 알아서 뭐 하려고? 일행도 아니라면서
뭐가 그렇게 궁금하실까? 정말 일행이 아니면 닥치고 그년이
나 어서 내놓으시지?"

"치… 치호! 어서 줘 버리자고. 괜히 일 크게 만들 필요 없
잖아? 안 그래?"

대진은 치호에게 그렇게 말하며 서둘러 복면 여자를 헤리
듐 길드에게 넘기려 했다. 하지만 치호는 그런 대진을 막아서
며 말했다.

"어차피 늦었어. 넘기든 넘기지 않든 충돌은 피할 수 없다.
그리고 말이야… 저 복면… 내가 아는 인물 같아서 말이야.
이렇게 쉽게 넘기기는 곤란할 것 같은데? 깨어나면 자초지종
을 좀 들어봐야겠어. 그전까지는 못 넘겨."

"응? 그건 또 무슨 소리야? 알고 있는 인물 같다니? 으… 복
잡하게 생각하지 말고 그냥 넘기자고."

두 사람의 대화를 듣고 있던 흑발의 남자는 과연 자신의 생
각이 맞았다는 듯 단언하듯 말했다.

"역시 한패였군. 상관없다, 어차피 모두 처리하려고 했으니
까. 저년만 살려두고 나머지는 알아서 처리해. 동이 트기 전

까지 일을 마치고 돌아간다."

흑발 남자의 명령을 들은 헤리윰 길드원들은 천천히 치호와 대진 주위로 포위망을 좁혀 나갔고 그런 상황에서 치호는 흑발의 남자에게 도발하듯 말했다.

"오 그래? 동이 트기 전까지라… 누가 뜨는 해를 볼 수 있을지 우리 내기할까? 투사의 발걸음!"

치호는 신전에서 〈투사의 발걸음〉을 쓰지 못해 답답했었는지 전투가 시작되자마자 발동시켜 그들을 향해 달려 나갔다. 그런 모습을 본 대진 역시 어쩔 수 없다는 듯 한 손에 쥔 채찍을 더욱 세게 움켜쥘 뿐이었다.

사막.

치호가 발을 딛고 있는 곳은 사막이었다. 탈 것이라고는 아무것도 없는 불모의 땅 사막.

하지만 치호가 내딛는 걸음, 걸음마다 피어오르는 검은 불꽃은 이곳이 진정 사막인지 가늠이 되지 않을 정도로 활활 타오르고 있었다. 그간 쌓인 치호의 감정을 대변하기라도 하려는 듯 말이다.

"이… 이건 뭐야."

대진은 그런 치호의 모습에 당혹스러웠다. 일전에 신전에서 함께 싸웠던 인물들이 어디로 간 것인지 아직 묻지도 못했는데 이번에는 치호가 검은 불길을 일으키며 헤리듐 길드를 향해 달려 나가고 있었기 때문이다.

'나랑 같은 테스터가 맞긴 한 거야? 무슨 이딴 힘이 다 있어.'

대진은 일전에 신전에서 싸웠던 정체를 알 수 없는 인물들과는 달리 이번에 치호가 드러낸 힘은 분명 스킬이 분명했기에 지난번보다 이번에 느끼는 감정이 더욱 격할 수밖에 없었다. 다소 당혹스러운 기술 때문에 치호를 말릴 틈도 없이 놓쳐 버린 대진은 치호를 돕겠다는 생각조차 하지 못하고 그저 스킬을 감상할 뿐이었다. 저 불길해 보이는 불길은 대진의 혼란스러운 마음을 아는지 모르는지 활활 타오를 뿐이었다.

"끄악!"

"악… 귀!"

"야이! 멍청한 놈들아! 뭘 멀뚱히 서 있어. 방어 스킬 돌려!"

"알겠습니다! 베… 크악!"

흑발의 남자는 치호가 선제공격을 할 줄은 꿈에도 생각하지 못했다. 지금까지 수많은 테스터들과의 전투를 겪었지만 이런 식으로 선제공격을 하는 녀석은 단언컨대 없었다. 보통은 자신들이 데려온 인원수에 지레 겁먹어 목숨을 구걸하거나 도망가려는 것이 일반적이었기 때문이다. 하지만 이런 식의 반응은 처음 겪어보기 때문에 뒤에서 대기하고 있던 길드원들도 당혹스러워하는 기색이 역력했다. 게다가 그 공격도 보통 매서운 게 아니었기 때문에 그 혼란은 가중될 뿐이었다.

"저 새끼! 막아! 몸으로라도 막으란 말이야!"

흑발의 남자는 길드원 사이들을 종횡무진 누비는 치호를 향해 말했지만 〈투사의 발걸음〉을 사용하는 치호를 맨손으로 잡을 만한 인물은 이곳에 있지 않았다.

그런 인물이 있다면 그는 이미 간부 자리나 더 높은 자리에 있을 것이지 다 죽어가는 여자 하나 잡자고 차출되지는 않았을 것이다.

"크악!"

"씨벌. 튀어!"

"메도프! 개새끼야, 니가 한번 잡아봐라."

"뭐? 네놈이 아주 미쳤구나, 어?"

"이 상황에 안 미치고 배겨? 소리만 지르지 말고 니가 저놈 잡아보라고. 같잖게 감투하나 썼다고 염병, 지랄은."

빠른 속도로 움직이며 하나씩 길드원들을 처리해 나가는 치호를 건드릴 수조차 없는 그런 상황에서 흑발의 남자, 메도프가 자꾸만 길드원들을 닦달하자 길드원들도 인내심이 폭발했는지 메도프에게 대들기 시작했다.

그런 모습을 보니 길드라는 이름이 얼마나 허망한 것인지 파악이 가능했다.

즉 저들도 이익이 있어서 길드에 몸을 둔 것일 뿐이지 그곳에 맹목적인 충성을 다하는 것은 아니었다.

이렇게 목숨이 위협당하는 상황이 오자 그들 역시도 자신의 목숨이 중하기에 살 길을 모색하는 듯싶었다.

"너! 저놈 처리하고 보자."

메도프는 도끼눈을 뜨고 자신에게 항변한 녀석을 노려봤지만 녀석은 그런 것과 관계없이 도망갈 궁리만 하는 것 같았다.

"끄악!"

치호가 헤리듐 길드의 놈들을 상대하는 사이 대진의 채찍 소리가 사막에 밤을 찢으며 울려 퍼졌다.

"제길. 이렇게 된 이상 한 명도 살려 보낼 수 없어. 치호! 도망가는 놈들은 내가 처리할 테니까 놈들을 부탁한다!"

대진의 모습에 치호는 가만히 입꼬리를 말아 올렸다. 사실 그간 대진이 보여준 모습은 이곳 테스트 필드에서는 딱 호구 잡히기에 좋은 모습이었다. 지난번 치호를 말린 것도 그렇고 이번에도 말이다. 아직은 유약한 모습을 보였던 대진이었다.

하지만 오늘의 대진은 달랐다. 단호하게 내려치는 그의 채찍의 끝은 도주하는 헤리듐 길드원에게 정확하게 뻗어나갔다. 더욱이 채찍의 파괴력은 절대 무시할 수 없었다. 채찍이 머리통에라도 맞으면 여지없이 적들의 머리통이 마치 수박처럼 터져 나가고 있었다.

더욱이 치호가 일으킨 검은 불길을 겨우 뚫고 나온 헤리듐 길드원들은 정신없는 찰나에 들어오는 대진의 공격을 막을 만한 실력을 가진 이는 없는 듯 보였다.

"하… 이게… 내가 지금 환각을 보고 있는 건가? 그래… 분명해! 이럴 수는 없어!"

메도프는 사방을 둘러보며 현실을 부정하려고 애썼다. 검은 불길은 어느새 사그라져 거두어지며 드러난 참상은 말로 표현할 수가 없었다.

자신이 데려온 40여 명이나 되는 인원이 순식간에 괴멸되는 것은 물론 먼저 도망간다며 빠져나갔던 인원들조차 저 한 구석에 쓰러져 재로 변하고 있었기 때문이다. 더욱이 자신은 상처 하나 없었기 때문에 지금의 상황은 환각이라고 생각하기 충분했다.

"하하… 맞아! 이놈… 환술쟁이였구나! 인벤토리!"

메도프는 무어라 중얼거리더니 인벤토리에서 포션 하나를 꺼내들었다. 그러고는 아무런 망설임 없이 그것을 마시고는 의기양양한 표정으로 말했다.

"홍. 이깟 환술 따위 포션 한 병이면 해결이야. 머지리 같은 놈이 알량한 환술이나 믿고……."

메도프가 마신 포션을 환술이나 환각 속에서 제정신을 차리게 해주는 종류의 약인 것 같았다. 하지만 그 포션을 마셨음에도 불구하고 아무런 변화가 없었기에 메도프는 말을 잇지 못했다.

그 순간 동이 터오기 시작했고 치호는 사방을 밝히는 빛을 가리며 메도프 앞에 그림자를 만들어냈다.

"동이 텄군."

치호의 짧은 말 한마디였지만 메도프는 사시나무 떨듯 온몸을 부르르 떨기 시작했다. 포션조차 통하지 않는다면 지금 자신이 마주한 것은 현실이기 때문이었다. 그렇다면 자신에게 기다리고 있는 것은 죽음일 뿐이었다.

"아… 안 돼! 내가 어떻게 여기까지 올라왔는데 여기서 이렇게 허망하게 죽을 수는 없어!"

메도프는 발악을 하듯 허리춤의 검을 뽑아들며 치호에게 달려들었지만 이성을 잃은 듯한 그의 공격이 치호에게 닿을 리 없었다.

치호의 파멸의 조각이 검은빛줄기를 만들어냈고 그와 동시에 메도프의 목에 가느다란 혈선 하나가 드리웠다.

"아… 카미도… 님."

녀석은 죽음 직전에 누군가를 부르는 듯싶었지만 그 말을 끝내지 못하고 이내 머리가 바닥에 떨어졌고 그의 육체는 머리가 떨어진 것도 모른 채 열사의 대지 위에 꼿꼿이 서 있었다.

"후… 헤리듐이라."

이쪽에 와서 자꾸만 부딪히는 헤리듐 길드에 대해 치호는 가볍게 생각을 하며 파멸의 조각을 다시 집어넣었다. 어디 거점을 책임지고 있는지 몰라도 길드원들의 상태나 태도를 봐서 정상적인 길드는 아닌 것 같았다. 헤리듐 길드에 대해 생각을 정리하고 있을 때 대진이 빠르게 다가오며 말했다.

"치호, 괜찮아?"

"아. 난 괜찮다. 신전에서 전투 생각하면 이 정도는 일도 아니지."

"그렇기는 하지만… 후… 그나저나 그 스킬은 뭐야? 어? 무슨 그런 힘을 내는 스킬이 다 있어. 움직이는 속도가 거의 내 채찍 속도랑 맞먹는 것 같던데… 어휴. 내가 그런 스킬 하나만 있었어도 아주 그냥."

대진은 치호의 스킬을 보고 부럽다는 듯이 말했지만 이 스킬을 완성시키기 위해 해왔던 지난 일들을 알고도 대진이 이런 소리를 할지는 미지수였다. 그런 대진을 보며 피식 웃으며 가볍게 말했다.

"네 스킬도 완성이 되면 어쩔지 모르지."

"완성? 그건 또 무슨… 완성이라니?"

대진은 아직 스킬의 완성에 대해 모르는 것 같았다. 그도 그럴 것이 스킬의 완성은 테스터들조차 이룬 이가 얼마 없는 것 같았기에 그 정보가 만연해 있을 리는 없었다.

대진은 치호에게서 나오는 새로운 정보에 그 특유의 호기심이 발동했는지 꼬치꼬치 캐물었고 치호는 적당한 선에서 이야기해 주었다.

따지고 보면 무조건 숨겨야 할 것도 아닌 데다 대진이 이 정보를 안다고 해서 치호에게 크게 손해가 될 것도 없기에 가감 없이 전부 이야기해 주었다. 그러면서 일전에 신전에서 나타났던 악몽들에 대해서도 묻기에 그것도 더불어 이야기 해두었다.

클레이 때문에 당분간은 같이 활동해야 할 것 같은데 동료의 스킬도 모르고 전투에 임하는 것은 너무 위험한 부분이 있었기에 이번 기회를 빌려 말을 해줘야 할 것 같았다.

사실 클레이 일이 이렇게까지 번질 줄 몰랐던 치호는 가급적 힘을 숨기려 했으나 마음대로 일이 풀리는 것 같지는 않다.

"허… 그럼 그때 그들이 사람이 아니란 거지? 허… 별의별일이 다 있는 테스트 필드라지만… 정말 상상을 초월하는군."

"그래. 신전의 경우에는 특수한 경우라서 그렇지 원래는 피

같은 걸 흘리지 않아. 그저 명령에 따르는 망령같은 존재들이지. 안타까운 일이지만 어쩔 수 없어."

"쓸쓸하군. 죽어도 죽지 못하는 이들이라니."

대진은 악몽들의 처지를 듣고 안타까워하는 모습을 보였다. 과연 테스트 필드의 인물치고는 아직 인간적인 부분이 많이 살아 있는 것 같았다.

'그러고 보니… 그때 악몽들이 어떻게 말을 한 거지? 내가 틀렸나?'

치호는 대진에게 스킬에 관한 이야기를 해 주다가 문득 신전에서 악몽들이 말을 하던 것을 떠올렸다.

알고 있는 내용과는 다른 현상이었기에 뭐라고 속단할 수가 없었다.

'후… 갈수록 복잡해지는군. 달무르 대체 무슨 짓을 해놓은 거냐.'

치호는 생각이 깊어지자 팔찌를 바라보며 애꿎은 달무르만 연신 부를 뿐이었다. 그러나 지금은 그것에 대한 어떤 단서도 찾을 수 없었기 때문에 치호의 가슴은 답답하기만 할 뿐이었다.

그러다 문득 무언가 기척이라도 느낀 듯 치호는 저 한구석에 쓰러져 있는 복면 여자를 보며 말했다.

"어이, 거기. 정신 차렸으면 얼른 일어나지?"

느닷없는 치호의 말에 대진이 물음을 던졌다.

"응? 치호, 그게 무슨 소리야?"

대진은 뜬금없는 치호의 말에 어리둥절한 표정으로 복면 여자를 바라봤다. 하지만 미동도 하지 않는 것이 아직 깨어난 것 같지는 않았기에 치호에게 물은 것이다.

"너 때문에 이 사달이 났는데 언제까지 그렇게 태평하게 누워 있을 거야? 녀석들은 모두 물리쳤으니까 일어나."

"치호, 아직 안 깨어난 것 같은데… 그렇게 말해봐야 소용없지."

대진은 복면 여자가 아직 깨어나지 않은 걸 확신하듯이 치호에게 말했지만 치호는 피식 웃으며 복면 여자에게 다시금 말했다.

"흠… 그래? 아직 안 깨어났단 말이지? 그럼 귀찮은데 그냥 처리하고 가자고. 이런 송장을 데리고 다닐 수도 없잖아?"

"응? 그… 그럴까?"

대진은 치호의 행동에 무언가를 느꼈는지 대충 말을 받아주었다. 치호가 뭔가 꾸미는 게 있는 것 같았기에 눈치 빠른 대진은 치호의 말에 동조한 것이다.

"자… 그럼 목을 치는 게 깔끔하긴 하지."

치호는 복면 여자에게 다가가 천천히 검을 빼들었다. 일부러 검을 빼는 소리를 크게 내어 긴장감을 조성했다.

"하나."

치호가 검을 빼 들며 마치 복면 여자에게 들으라는 듯 천천히 숫자를 세기 시작했다.

"두울."

둘까지 세자 치호와 복면 여자 사이에는 말할 수 없는 긴장감이 흐르기 시작했다.

"세……."

"잠깐! 잠깐만요! 깨어났어요! 깨어 있으니까 칼 집어넣어요!"

치호가 셋을 다 세기도 전에 복면 여자는 재빨리 일어나 무릎을 꿇고 앉았다. 반쯤 찢어져 복면이 드러낸 그녀의 얼굴에는 땀방울이 송골송골 맺혀 있었고, 고개를 숙인 채 치호에게 연신 깨어 있다 말하며 죽이지 말라고 몇 번이나 외쳤다.

그런 모습을 보며 치호는 피식 웃더니 파멸의 조각을 다시금 검집에 넣으며 말했다.

"오랜만이다. 메이."

*   *   *

일순 고개를 숙이고 있는 메이와 치호 사이에 긴장된 분위기가 돌았다. 메이는 자신의 이름을 알고 있는 이라면 적이라고 생각한 듯 자신도 모르게 살기를 천천히 피워 올리고 있었다.

길드에게 쫓겨 다니다 정신을 잃은 후 깨어난 지 얼마 되지 않았기 때문에 그 경계심은 극에 달해 있는 것 같았다. 즉, 자신을 구해준 이 역시 무언가 꿍꿍이가 있을 것이라는 판단을 한 것이다.

하지만 메이가 천천히 고개를 들어 자신의 앞에 있는 사람의 얼굴을 보았을 때 메이의 그런 경계심은 눈 녹듯 사라졌고 눈물까지 왈칵 쏟아질 것만 같은 기분이 들었다.

"아저씨!"

메이는 그간 고생이 많았던 것인지 아니면 함께 역경을 이겨낸 동료를 다시 만나 기쁜 것인지 정확하게 알 수는 없었지만 치호를 다시 만나 기쁜 것만은 틀림없는 것 같았다. 저렇게 활짝 펴고 웃는 모습을 보면 말이다.

"뭐 죽은 사람이라도 만났어? 뭘 그리 놀라?"

"헤헤. 아저씨, 내 눈앞에 있는 거 치호 아저씨 맞죠? 정말 거짓말 아니죠?"

"어이 해결사 양반, 사람 못 알아볼 정도 되면 일 관두고 죽어야 하지 않겠어?"

"헤헤, 그냥요. 그냥 너무 놀라서 그렇죠."

두 사람이 오랜만에 해후를 나누고 있을 때 대진이 슬쩍 다가와 치호에게 물었다.

"흠흠. 치호, 이 친구는 누구야?"

"아, 소개가 늦었군. 이쪽은 자칭 해결사 메이다. 뭐 해결사이긴 한데 일처리가 좀 시큰둥해. 하지만 실력은 괜찮으니까 얕보지는 말고."

"아저씨! 저 진짜 해결사 맞거든요?"

"아. 누가 뭐래?"

치호는 약간의 농담을 섞어가며 대진과 메이를 서로 소개해 줬다.

치호 역시도 오랜만에 메이를 만나서 예전의 기분이 되살아난 듯했기 때문에 가볍게 농담을 섞은 것이다. 하지만 그럼에도 불구하고 메이는 뭔가 치호에게 이질감을 느끼는 듯했다.

"음… 아저씨도 뭔가 분위기가 많이 변했네요?"

"분위기?"

"뭐랄까 말로는 잘 표현 못하겠는데… 있어요. 여자만 느끼는 그런 거. 헤헤."

"쓸데없는 소리 말고 몸이나 추슬러. 언제까지 이런 곳에 있을 거야?"

"네? 네!"

치호는 메이에게 회복 포션 한 병을 건넸고 메이는 배시시 웃으며 그것을 고민도 않고 사용했다. 다른 이가 포션을 주었다면 한번쯤 의심을 해볼 법도 하건만 메이는 치호를 완전히 신뢰하는 것만 같았다.

메이가 포션을 사용하고 몸 상태를 체크하는 동안 대진이 치호에게 슬쩍 다가와 물었다.

"치호, 저 계집애는 언제 알게 된 거야? 사람들에게 쫓기는 거 보면 질이 안 좋을 수도 있는데 말이지. 괜히 귀찮은 일 생기는 것 아니겠지?"

"귀찮은 일이라… 글쎄, 그건 장담 못 하겠는데?"

치호는 피식 웃으며 대진의 물음에 답했다. 어찌 보면 메이가 벌써 귀찮은 일을 몰고 왔기 때문이다.

"으… 너랑 만난 후부터… 내 평온했던 삶이 아주 다이나믹해지는 것 같은 기분은… 그냥 기분 탓이겠지?"

대진은 쓸데없는 말을 툴툴거리고 있었고 치호는 그런 대진을 적당히 받아주며 메이를 기다렸다. 아무래도 몸이 온전히 회복된 건 아닌지 준비하는 시간이 오래 걸리는 것 같았다. 그런 기다림에 지쳐갈 무렵 메이가 다시금 두 사람 앞에 드러내며 말했다.

"오래 기다렸죠? 헤헤. 미안해요. 이것저것 준비할 게 좀 있어서."

"이런 사막에서 준비할 게 뭐 있다고, 하여튼 여자들이란 골치만 아프다니까."

대진은 사건을 몰고 온 메이가 마음에 별로 들지 않았던 모양인지 툴툴대기 시작했다. 메이는 그런 대진을 도끼눈을 뜨고 흘겨봤지만, 일단은 만난 지 얼마 되지 않았기에 뭐라고 대꾸는 하지 않았다. 하지만 참고 있는 기색이 역력했다.

치호는 그런 메이를 보자 키테그람의 둥지에서 처음 만났을 때가 떠올랐다.

'그때 〈붕(崩)〉 스킬은 정말… 짜릿했지. 흠… 에틸라반의 수호까지 발동될 정도였으니까.'

치호는 그때를 떠올리며 대진을 보자 언젠가 한번쯤은 대진도 〈붕(崩)〉 스킬을 경험해 볼 날이 올 것만 같았다. 그렇게 생각하니 왠지 대진이 안쓰러워 보이기까지 했다.

더군다나 일전에 '영광의 기록서'에 나타난 메이의 스킬은 몇 가지가 더 추가가 되어 있었기에 실력은 더 높아졌을 것이 틀림없었다.

"그만들 해. 아무튼 이야기 좀 하자고. 메이, 넌 어쩌다가 녀석들에게 쫓기게 된 거야?"

대진과 메이 사이에 흐르는 기류가 뭔가 심상치 않았기에 치호는 얼른 두 사람 사이에 끼어들며 화제를 돌렸다. 치호의 물음에 메이는 잠시 망설이는 듯싶더니 천천히 이야기를 꺼내기 시작했다.

"그게… 사실은 말이죠."

*　　　　　*　　　　　*

널찍한 방 안에 넓은 책상이 구석에 자리 잡고 있었고, 책상 뒤로는 세 번째 필드의 지도가 걸려 있었다. 하지만 지도는 완전하지 않은 듯 여기저기 구멍이 뚫려 있어 아직 밝혀지지 않은 부분이 많이 보였다.

이곳은 아무래도 누군가의 집무실인 것 같았고 그 집무실의 주인으로 보이는 이가 책상을 쾅하고 내려치며 자신의 앞에 고개를 숙이고 있는 녀석들을 향해 외쳤다.

"병신 같은 새끼들."

욕지거리를 내뱉는 주인공은 헤리듐 길드의 길드장 카미도였다.

카미도는 분을 참지 못하고 책상위에 있던 물건을 집어 던진 후 신경질적으로 의자에 앉으며 욕을 연신 뱉어내기 시작했다.

"이런 병신 같은 새끼들. 뭐? 영상구가 어쩌고 어째? 이런 등신 같은 새끼들을 봤나."

"하… 하지만 저희도 꼬리 두 개 달린 투클로에게 입은 피해가 만만치 않아서……."

"오. 그러셨어? 그래서 겨우 두 놈을 상대하지도 못하고 꽁지 빠지게 도망쳐 오셨구만그래? 어? 그것도 길드의 이름까지 팔아놓고 말이야"

"그… 그건! 영상구… 크흑."

카미도 앞에 서 있던 남자가 무어라 말하려는 것 같았지만 카미도는 남자의 말을 듣지도 않고 앞에 있는 유리잔을 냅다 던져 버렸다. 그 유리잔을 맞은 남자는 더 이상 말을 잇지 못했다. 단지 머리에서는 붉은 한줄기 피가 뚝뚝 떨어질 뿐이었다. 그런 남자를 보면서 카미도가 신경질적으로 말했다.

"영상구? 언제부터 영상구 신경 썼어? 영상구고 뭐고 간에 죽이면 다 해결되는데, 그 인원 데리고… 하… 병신 새끼들. 더 이상 말하기도 귀찮다. 나가!"

아마 일전에 치호와 부딪혔던 이들이 거점으로 돌아와 일을 보고하고 있는 것 같았다. 하지만 카미도는 그런 녀석들의 대처가 마음에 들지 않는 듯 연신 욕만 뱉어내고 있을 뿐이었다.

"후… 알란이 떠난 후로 뭐 제대로 돌아가는 게 없군. 이런 병신 같은 일까지 생기고. 제길, 그런데 메이넌 잡으러 간 자식들은 왜 이렇게 안 오는 거야?"

도주한 메이를 잡으러 간다던 메도프는 날이 밝도록 아직 소식이 없었다. 그런 다 죽어가는 계집 하나 잡아오는 게 뭐가 그렇게 힘들다고 이렇게나 시간이 걸리는지 카미도는 이해할 수가 없었다.

"아무래도 기강이 너무 해이해졌어. 조만간 소집령을 내려서 한번 푸닥거리를 해야겠군. 후… 알란, 대체 다음 필드에 뭐가 있다고 떠난 거냐."

카미도가 얼마 전 세 번째 필드를 벗어나 네 번째 필드로 떠난 알란에 대해서 생각하고 있을 때 문득 문 밖에서 다급한 발걸음 소리가 들리더니 집무실의 문이 벌컥 열렸다.

노크도 하지 않고 들어오는 녀석을 보고 카미도는 아무래도 소집령을 최대한 빨리 내려야겠다는 생각을 했다.

"또 뭐야!"

카미도는 문을 열고 들어온 녀석을 보며 신경질을 냈지만 녀석의 표정은 심상치가 않았다.

"카… 카미도 님! 어서 나가보셔야 할 것 같습니다."

"또 왜? 또 신전 놈들이랑 우리 애들하고 한판 붙은 거야? 어차피 거점 안에서 죽을 일도 없는데 호들갑은."

카미도는 대수로울 것도 없다는 듯이 이야기했지만 집무실에 들어온 남자는 그렇지 않다는 듯 안색을 굳히며 말했다.

"그… 그게 아니고 거점이 공격당하고 있습니다!"

"하… 저 머저리 같은 새끼. 정말 길드에 제대로 된 놈들이 남아 있질 않아."

거점 안에서는 원천적으로 공격이 금지되어 있는데 거점이 공격당하고 있다는 둥의 뜬금없는 소리를 하는 녀석을 보니 짜증이 치밀었다. 아무래도 신전 놈들과 길드원이 다투면서 집 몇 채가 손상을 입은 듯한데 그것을 가지고 저렇게 호들갑 떨며 보고하는 녀석을 보자 어처구니가 없었다.

그런 녀석에게 한마디 쏘아붙이려는 찰나 집무실의 창문으로 보이는 거점의 풍경에 낯선 연기가 피어오르는 것이 보이기 시작했다.

"불? 거점에 불이라고?"

카미도는 거점에서 불길을 동반한 연기가 피어오르자 얼른 창문으로 다가가 문을 열고 거점을 살폈다.

"이… 무슨!"

밖을 한번 내다본 카미도는 재빨리 자신의 무구와 갑옷을 완전 장비한 후 재빨리 거점을 향해 달리기 시작했다. 아무래도 무슨 일이 있긴 확실히 있는 모양이었다.

"끄악!"

"사… 살려줘!"

"뜨거워!"

"끄르륵."

카미도가 거점에서 나와 본 것은 아비규환의 모습이었다. 여기저기서 온몸에 불이 붙은 거점 주민들이 날뛰고 있었고 집들은 하나둘 불타고 있었다. 더욱이 그 화마는 점차 퍼져나가 거점 전체를 집어삼킬 듯 그 세를 키워나가고 있었다.

"멍청이들아! 보고만 있을 거야? 불부터 꺼야 할 거 아니야! 수계 스킬 가진 녀석들 다 어디 갔어?"

카미도는 다급히 물과 관련된 스킬을 사용하는 이들을 불러 모으려 했지만 이런 혼란스러운 상황에서는 그것도 쉽지 않은 듯 보였다.

"이런 말도 안 되는 일이… 대체 거점에 불이라니."

거점은 기본적으로 보호가 되고 있기 때문에 집 전체가 불타는 화재 같은 게 있을 수가 없다. 그렇기 때문에 두 번째 필드까지는 목재를 사용한 건물이 그렇게 많았음에도 화재를 걱정하지 않은 것이다. 한데 세 번째 필드의 거점에서 뜬금없이 화재를 만나자 카미도는 어떻게 대응해야 할지 빠르게 판단이 되질 않았다. 이런 경우는 상정한 적이 없기 때문에 이에 따른 대비책이 전혀 마련된 것이 없었던 것이다.

하지만 카미도는 과연 길드의 장 자리를 괜히 맡고 있는 게 아니라는 듯 침착하게 상황을 파악하고 화재를 진압할 계획을 세웠다. 그리고 그것을 실행하기 위해 움직이려는 찰나 카미도의 앞에 불길을 헤치며 한 인영이 나타났다.

"비공개."

녀석은 뭔가를 중얼거리면서 카미도 앞에 나섰고 카미도는 본능적으로 이 사달을 낸 녀석이 눈앞의 사내라는 것을 직감할 수 있었다.

더욱이 녀석의 분위기가 심상치 않았기에 발길을 멈추고 녀석을 경계했다. 잠시 두 사람 사이의 긴장된 기류가 흐르는 것 같더니 불길을 헤치며 나온 이가 천천히 말했다.

"네가 헤리듐의 길드장 카미도냐?"

"그렇다. 네놈이 이 사달을 낸 장본인인가?"

"사달? 이 불길 말인가? 이 아름다운 광경을 보고 사달이라니… 역시 쓸모없는 놈이군."

카미도는 녀석의 도발에 쉽게 넘어가지 않았다. 아직 녀석이 어떻게 이 거점 안에서 불을 일으켰는지 모르는 상황에서 쉽게 녀석에게 달려들 수는 없는 노릇이다. 더욱이 거점 안에서는 스킬 사용이 제한되어 있으니 신중할 수밖에 없었다.

카미도가 눈앞의 사내를 맞이해 긴장된 땀방울을 흘릴 때 사내가 이어서 말했다.

"장인 벨리안의 후손은 어디에 있지? 녀석을 데리러 왔다."

"벨리안의 후손? 그것 때문에 이곳에 왔나? 하! 어쩌나 한 발 늦었는데 말이야. 이미 도망간 지 오래야."

"또 허탕인가… 그럼 네 녀석도 필요 없겠군."

짧은 대화였지만 사내는 카미도에게 볼일을 다 봤다는 듯 천천히 손을 들어 올리며 스킬을 외쳤다.

"파이어 볼트."

자신 있게 스킬을 외치는 모습을 본 카미도는 녀석을 비웃듯이 말했다.

"크하하! 저렇게 멍청할 수가 있나. 여기 거점이라는 거 몰… 이런 말도 안 되는!"

하지만 그 말을 끝내기도 전에 카미도는 재빨리 몸을 피해야만 했다. 남자의 손끝에서 붉은 불의 기운이 뭉쳐지고 있는 것을 느꼈기 때문이다.

불길을 헤치고 나타난 남자는 금세 기운이 다 모였는지 입꼬리를 한번 비틀었다. 그와 동시에 손에서 눈에 보이지도 않는 속도로 팔뚝만 한 붉은 막대기처럼 보이는 것 하나가 쏘아져 나왔다.

남자의 손에서 쏘아진 붉은 막대 하나가 카미도가 서 있던 자리를 강타했을 때 대지는 폭발하는 듯한 굉음을 토해냈고, 조금 전까지 카미도가 있던 자리에는 작은 웅덩이 하나가 만들어져 있었다.

흙바닥이 녹아 부글부글 끓고 있는 붉은 용암의 웅덩이가.

"이런… 미친. 어떻게 스킬을……."

카미도는 그 광경을 보고 아연실색하여 도무지 남자와 대적할 마음이 들지 않았다. 거점에서 스킬을 쓰는 것은 차치하고서라도 그 위력은 상상을 초월했다.

저런 스킬에 스치기라도 한다면 생각하는 것만으로도 끔찍했다. 그렇기에 카미도의 머릿속에는 오로지 도망가야 한다는 생각만이 가득했다. 이미 자신의 위치나 자존심 따위는 잊힌 지 오래였다.

남자의 가벼운 손짓 하나가 일으킨 위력적인 스킬을 본 것만으로도 말이다.

카미도는 재빨리 몸을 움직여 현장을 도망치려고 했으나 도망가는 것조차 여의치 않아 보였다. 남자의 또 다른 스킬이 시전되었기 때문이다.

"파이어 레인."

남자의 말이 끝나기 무섭게 카미도는 도망가는 발걸음이 천천히 멈추었다. 아니, 멈출 수밖에 없었다. 자신의 앞에 펼쳐진 광경을 보고 이미 도주하길 포기한 것이다.

"하하하… 지랄 같네. 진짜."

카미도는 눈앞에 펼쳐지는 지옥도의 모습을 보며 혼잣말을 할 때 그의 뒤로 남자의 검은 그림자가 드리웠다.

＊　　　＊　　　＊

"아 빨리빨리 좀 말해봐. 뭐 대단한 거라고 그렇게 뜸을 들이는 거야? 어디 노인네들 장기 두는 것도 아니고 왜 이렇게 오래 걸려?"

대진의 재촉과는 상관없이 메이는 뭔가 치부를 말하는 것처럼 사정을 말하기를 꺼리는 것 같았으나 치호와 대진의 눈빛을 보자 도무지 말하지 않을 재간이 없었다.

"에휴, 알았어요. 어디서부터 말해야 할지 모르겠네… 치호 아저씨, 제 '영광의 기록서' 내용 보셨어요?"

"기록서의 내용? 보긴 했는데 그게 왜?"

"헤헤. 보셨구나. 실은 아저씨 보라고 공개한 거예요. 여긴 소식을 전할 방법이 없어서 생각한 방법인데 통했네요. 기발하지 않아요?"

"메이."

메이가 또 말을 다른 쪽으로 돌리려고 하는 것 같아 치호는 메이의 이름을 한번 불렀다. 그러자 메이도 눈치가 보였는지 다시금 말하기 시작했다.

"음, 그런 이유도 있다구요… 헤헤. 아무튼 '영광의 기록서'를 보시면 알겠지만 제가 전설의 파편을 모으고 있는 것 아시죠?"

"아, 그런 내용이 있었지. 그런데 파편이란 게 뭐지?"

"그냥 상징적인 의미에요. 한마디로 정보를 모은다고 보면 돼요. 어쨌든 제가 이곳 세 번째 필드에 와서 전설에 관한 정보를 모으고 있는 도중 제 정보망에 '장인 벨리안'에 관한 정보가 들어왔어요."

"벨리안이라… 재미있군."

치호는 메이의 입에서 지금 착용하고 있는 〈광기의 야차 귀면갑〉과 〈드레모의 나태한 강철 군화〉를 제작한 인물에 대한 정보가 나오자 일순 흥미가 돋았다.

하지만 대진은 자꾸만 모르는 이야기가 계속되자 이내 관심이 떨어졌는지 그저 메이의 이야기를 듣는 둥 마는 둥 하는 듯했다. 그런 대진의 태도는 상관없이 메이가 치호에게 물었다.

"벨리안에 대해서 아세요?"

치호가 벨리안에 대해서 아는 듯한 태도를 보이자 호기심이 동한 메이는 치호를 향해 눈을 동그랗게 뜨며 물은 것이다. 치호는 그런 메이를 향해 갑옷과 신발을 차례로 가리키며 말했다.

"이 두 개가 벨리안이 만든 것이라고 하더군."

"와… 아저씨. 그때 키테그람 때부터 예상은 하긴 했지만… 대단하네요. 벨리안이 만든 것이라면 전설 등급일 텐데 그런 걸 두 개나 가지고 있다뇨."

"뭐 어쩌다 보니. 그래서 어떻게 됐는데?"

메이가 놀라 갑옷과 신발을 어루만지며 장비의 요모조모를 뜯어보자 헛기침을 뱉으며 다음 이야기를 물었다. 그러자 메이는 아쉽다는 듯 장비에서 시선을 떼며 다시금 말을 이었다.

"문제는 그 장인 벨리안의 직계 후손이 살아 있다는 거예요. 아무래도 직계 후손이라면 뭔가 정보가 많을 것 같아서 찾았는데… 헤리듐 길드에서 거의 노예처럼 무구를 생산하고 있다는 정보를 획득했죠."

"실력이 좋아서 그랬겠군."

"네, 맞아요. 벨리안의 후손답게 무구 만드는 기술 하나는 엄청났거든요. 아직 벨리안 수준은 아닌 것 같지만, 곧 뛰어넘을 거라는 소문이 파다해요."

거기까지 들은 치호는 대충 어떤 상황인지 파악이 가능했다. 결국 메이는 그 장인 벨리안의 후손을 만나 보려 하다가 헤리듐 길드와 충돌하게 됐고 여기까지 쫓기게 된 것 같았다.

하지만 '영광의 기록서'에 이름까지 올린 메이가 겨우 그런 길드에 잠입하지 못해서 들켰을리 만무했기에 의문이 들어 물었다.

"대충은 상황은 알겠다만… 겨우 그런 녀석들에게 네가 들켰다고? 납득하기 힘든데."

"하… 왜 아니겠어요. 그날은 원수는 외나무다리에서 만난다는 소리가 왜 나왔는지 실감하게 되는 날이었어요."

똑똑.

천장에서 물방울이 떨어지는 소리가 시끄럽게 느껴질 정도의 적막하고 습기가 가득한 방, 어둠 속에 잠긴 이 공간에 한 남자가 뒤척이며 잠을 자고 있었다.

그런 그의 등은 왜소해 보이는 것은 물론 세월을 그대로 뒤집어쓴 듯 흰 머리가 인상적인 남자였다.

하지만 그런 그의 모습과 달리 손만큼은 굳은살이 박일 대로 박여 있어 그 어떤 사내의 손보다 단단해 보이는 손을 가지고 있는 특이한 남자였다.

그런 남자 곁으로 한 복면을 쓴 자가 소리 없이 나타나 그를 천천히 깨웠다.

"클레디안! 맞죠?"

복면인의 부르는 소리를 들었는지 남자가 머리를 벅벅 긁으며 신경질적으로 기침을 토해버리며 말했다.

"쿨럭. 재료 들어오기 전까지는 만들래야 만들 수가 없다니까… 쿨럭."

남자는 간만에 휴식 시간을 방해받은 모양이지만 크게 불평도 하지 못하고 힘겹게 몸을 일으켰다. 하지만 들려오는 목소리가 평소와 다름을 눈치챈 클레디안은 천천히 고개를 들며 복면에게 말했다.

"뭐야. 너."

"난 해결사 메이, 당신을 구하러 왔어요. 후… 생각보다 상태가 많이 안 좋네요."

"쿨럭, 쿨럭. 구하기는 뭘 구해. 또 어딘가에서 개처럼 부려먹겠지. 일없어. 꺼져."

클레디안의 적대적인 눈빛은 그간 그가 당해왔던 일들을 유추할 수 있었다. 하지만 메이는 그런 일 따위는 예상했다는 듯 말을 건넸다.

"제 의뢰자는 세이카, 당신의 어머니예요. 그녀가 많이 아파요. 떠나기 전에 당신을 꼭 보고 싶다고 했어요."

"하하하. 개소리 지껄이지 마. 수작을 부리려면 제대로 부려. 그딴 허튼수작에 내가 속을 것 같아?"

클레디안은 메이의 말을 손톱만큼도 믿지 않는 눈치였다. 그런 클레디안의 삐딱한 태도에도 불구하고 이런 경우는 지금까지 많았다는 듯 전혀 흔들리지 않았다. 그러고는 천천히 준비해 둔 말을 하기 시작했다.

"와린, 이 말을 하면… 그러면 알 것이라고… 아, 아파요!"

메이의 입에서 '와린'이라는 말이 나오자마자 자리에서 일어나 메이의 손목을 잡은 클레디안은 자신도 모르게 손에 힘이 들어갔다. 한데 그 힘이 어찌나 센지 메이조차도 신음이 절로 나올 정도의 손아귀 힘이었다.

"그 말, 틀림없겠지?"

조금 전까지 다 죽어가던 그 남자가 아니었다. 그의 눈에서는 불길이라도 피어오른 듯했고, 어찌 된 영문인지 메이는 클레디안이 자신의 손목을 잡는 동작을 눈치채지 못하고 손목을 내주고 말았다.

"맞으니까 이 손 좀 봐요. 아파죽겠네."

"쿨럭… 미안하다. 나도 모르게."

"아무튼, 시간 없으니까 어서 움직이죠. 챙길 게 있으면 어서 챙겨요."

"알았다. 서두르지"

"그때까지만 해도 일이 잘 풀렸어요. 보초를 서고 있는 녀석들 수준이야 빤한 거 아니겠어요? 한데 그때 그놈을 만난 거예요."

"그놈?"

메이는 잠시 머뭇거리더니 이내 치호에게 물었다.

"그때 우리가 헤어지기 전에 제가 부탁했던 말 기억해요?"

"부탁… 아! 필드에서 흩어지게 되더라도 알란이란 녀석을 보면 죽지도 살지도 못하게 최대한 고통스럽게 해달라고 했던가?"

두 사람의 대화를 지루하게 옆에서 듣고 있던 대진이 건수라도 잡은 듯이 메이를 흘겨보며 말했다.

"말하는 것 하고는, 하긴 내가 그럴 줄 알았어. 저 표독스럽게 생긴 눈매를 좀 봐. 여간 독해 보이는 게 아니라니까?"

"제… 제가 그랬다구요? 설마요. 그냥 복수해 달라고 했겠죠. 헤헤."

"최대한 고통스럽게 해달라고 했던 것……."

메이는 치호가 생각보다 정확하게 기억하고 있자 대진을 한 번 째려보고는 얼른 치호의 말을 끊으며 말했다.

"아무튼! 클레디안을 데리고 빠져나오는 찰나 그놈을 헤리듐 길드에서 만난 거예요. 그 뻔뻔한 낯짝으로 절 알아보더라구요."

"호오, 잘됐군. 복수는 성공했나?"

"그게… 복수는커녕… 에휴. 역으로 죽을 뻔했는걸요. 녀석이 헤리듐 길드에서 높은 위치에 있던 건지 호위가 아주 대단하더라구요. 겨우 빠져나오는 게 다였어요. 그나마 클레디안은 빼돌린 게 다행이라면 다행이긴 하지만요."

메이는 그때를 생각하면 치가 떨린다는 듯이 몸을 부르르 떨며 말을 이어갔다.

"만약 녀석한테 죽었다면 전 죽어서도 세 번째 필드를 떠도는 유령이 됐을 거예요. 으… 생각만 해도 끔찍하네요."

여기까지 들으니 메이의 사정은 대충 파악이 되었다. 게다가 메이의 이야기를 듣다 보니 넘겨들을 수 없는 부분이 있어

다시금 메이에게 확인하듯 물었다.

"한데… 분명 '와린'이라 전했단 말이지?"

"음? 뭔가 아는 게 있어요? 클레디안의 태도도 그렇고… 뭔가 있는 모양인데? 말해봐요. 뭐에요?"

메이의 물음에 치호는 그저 웃음으로 답할 뿐이었다. 그러면서 이야기했다.

"가면서 이야기해 줄게. 좀 길어질 것 같군. 날 클레디안에게 안내해 줄 수 있어?"

"뭐… 어차피 저도 클레디안에게 벨리안에 대한 정보를 얻으려면 한 번쯤 가긴 해야 하는데… 그건 어려운 일이 아니지만 헤리듐 길드 영역이라서요. 좀 조용해지면 찾아가려고 했거든요."

치호는 메이가 걱정스러운 표정을 하자 피식 웃으며 자리를 털고 일어났다. 그 미소에는 헤리듐 길드 따위는 안중에도 없는 것 같은 자신감이 보이는 것 같았다.

제5장
파괴된 올리바

"으… 정말 세 번째 필드는 다 좋은데 더운 거 하나만큼은 알아줘야 한다니까요? 죽겠네. 정말."

메이는 거점으로 안내하며 연신 땀을 흘리고 있었다. 〈상티의 항상〉을 사용하고 있음에도 더위를 많이 타는 것 같았다. 대진은 그런 메이를 보며 한심한 듯한 눈빛을 보내며 말했다.

"아니, 우리보다 세 번째 필드에 먼저 생활했으면서 아직도 적응을 못 하다니… 하여간."

"이 아저씨가 보자 보자 하니까… 왜 아까부터 건드려요. 예? 나한테 불만 있어요?"

"그냥 말이 그렇다는 거지. 뭘 그렇게 뾰족하게 반응하나? 응?"

"하… 이 아저씨가 사람 엄청 피곤하게 하네. 정말."

메이와 대진은 서로 티격태격하면서도 잘도 말을 이어가고 있었다. 옆에서 그 모습을 보고 있자면 한편의 만담을 보고 있는 것 같은 느낌이 들었지만 그다지 문제가 될 것 같지는 않아 내버려 두었다.

아무래도 지루하게 길만 걷다 보니 두 사람도 심심한 것 같았다. 하지만 치호는 그런 두 사람과는 달리 눈앞에 떠오른 지도 인터페이스에 신경을 집중하고 있었다.

'조금만 더 가면 나오겠군.'

메이에게는 말하지 않았지만, 지도 기능을 이용해 이미 목적지를 파악해 두었다. 향하고 있는 곳이 현재 가장 가까운 거점이었는지 지도에 표시되고 있었기 때문이다.

'거점 올리바. 이곳이 헤리듐 길드가 책임지고 있는 거점 도시인가 보군.'

치호는 지도를 확인한 후 가볍게 스테이터스 상세 창을 열어 확인했다. 요즘 전투가 쉴 새 없이 이어지고 있어 스테이터스나 스킬 같은 것들을 확인하지 못했기 때문이다.

'가는 길에 이것들부터 확인해야겠군. 일단 레벨은 28이라… 아직도 괴물보다 사람이 경험치를 많이 주는군, 쯧.'

치호는 일전의 괴물들을 처치할 때보다 빠르게 오른 레벨을 보면서 속으로 혀를 찼다. 아무래도 치호가 처리한 헤리듐 길드 녀석들의 레벨이 꽤 높았던 모양이다. 레벨이 빨리 오른 것은 좋지만 씁쓸한 기분이 드는 것은 어쩔 수 없었다.

〈스테이터스 상세〉

─ 종족(격): 인간(수련 테스터 ─ 탐색자)
─ 이름: 황치호(Lv. 28)
─ 특성: 불사의 괴인
─ 직업: 진실의 탐구자
─ 기본 능력(미지정 포인트 +69)
근력: 742[+0(682) +30%] 〉 965
지구력: 208[+0(198), +40%]〉 291
민첩: 313[+0(283), +30%] 〉 407
마력: 254[+0(189), +45%] 〉 368
기량: 437[+0(427), +30%] 〉 568

─ 추가 능력: 이동 속도 +37%, 저항력 +60%
─ 획득 칭호: 카미유 학살자, 고독한 사냥꾼, 종의 운명 결정자, 자이언트 킬링(2), 마지막 비원을 이룬 자(1), 감시자(2), 홀로선 자,

치호는 최근에 얻은 명경지수 덕에 마력이 368까지 올라 있는 것을 보고 마음에 드는 듯한 눈치였다. 하지만 악몽들을 모조리 소환하기 위한 최소한의 마력 490에 도달하려면 아직도 부족했다. 더군다나 악몽들만 소환하면 끝이 아니므로 다른 스킬을 사용하기 위한 여유분의 마력까지 확보하려면 마력이 부족해도 너무나 부족했다.

'마력은… 미지정 포인트로 메우는 수밖에 없겠군. 그나마 미지정 포인트가 여유가 있어서 다행이야.'

세 번째 필드에 와서 아직 미지정 포인트를 분배하지 않았기 때문에 69의 많은 포인트가 여유로 남아 있었다. 그렇기에 치호는 60포인트를 마력에 투자하기로 결정했다.

에비안의 신전에서 전투를 치를 때 체력, 즉 지구력의 부족을 통감했지만 그런 상황은 아무 특이한 경우라고 생각되어 일단은 마력부터 목표 수치까지 달성한 후 지구력을 손봐야 할 것 같았다.

[미지정 포인트 사용에 신중을 기해주십시오. 정말 미지정인 60포인트 모두 마력에 투자하시겠습니까?]

"그래."

치호는 조용하게 읊조렸고 이내 격통이 온몸을 조여왔다.
이 고통은 적응하려야 할 수가 없었다. 온몸의 신경을 불로
지지는 듯한 고통은 말로 표현할 수 없었다. 하지만 치호는 그
런 격통 속에서 길게 숨을 내쉴 뿐 표정의 변화는 크게 없어
같이 걷고 있는 메이와 대진은 치호가 이런 격통을 겪고 있는
지는 눈치를 채지 못한 것 같았다.

—마력: 314[+0(189), +45%] 〉 455

'후… 고통만 없으면 쓸 만할 텐데. 정말 못 참아주겠군.'

치호 역시 스테이터스 포인트를 올릴 때마다 느끼는 고통
은 다른 이들과 다르지 않은지 잘 하지 않는 불평을 했다. 하
지만 올라간 마력 수치는 마음에 들어 이내 머릿속을 비우고
스킬들을 확인했다.

'…22%?'

치호는 예상보다 낮은 수치에 당황했다. 레벨이 8계단 상승
할 동안 경험 변환은 겨우 22% 증가했을 뿐이니 치호로서는
황당하기 그지없었다. 한동안 그 수치를 보던 치호는 한숨을
깊게 내쉬었다.

'후… 이번에는 〈하만의 마스터 피스〉처럼 책을 읽을 수도

없으니 곤란한데… 어디 대장간이라도 빌려서 한동안 일이라
도 해야 되나.'

문득 약재술을 변환할 때 일이 생각났기에 이번에는 대장
간이라도 빌려야 하는지 생각했다. 약재술은 이동 간에도 책
만 읽으면 경험이 상대적으로 빠르게 차올랐기 때문에 상관없
었는데 이번에는 관련 경험을 하기 위해서는 도구가 많이 필
요하기에 이동 중에 뭔가 할 수 있는 게 없어 보였다.

'어쩔 수 없지. 그래도 〈율리아의 전투 함성〉이 숙련도 3이
되었다는 것에 만족해야 하나.'

나머지 스킬을 점검하던 치호는 숙련도가 올라 있는 것을
확인한 후 스킬 창을 닫았다. 아직 한 번도 사용하지 않은 〈아
보크의 싸움터〉만이 숙련도가 0일 뿐이었다.

"치호 아저씨! 거의 다 왔어요. 이제 조금만 가면 돼요. 여
기서부터는 다들 긴장하세요. 헤리듐 길드의 눈이 어디에 달
려 있을지 모르니까요."

메이는 조금 풀어진 듯한 일행에게 긴장감을 끌어올리기
위해 외쳤다. 그 소리를 듣고 고개를 들어 거점 올리바 방향
을 바라보는 치호의 고개는 갸웃하며 돌아갔다.

'검은 연기가… 아닌가?'

아직은 거리가 멀어서 그런지 정확하게는 파악이 되지 않았
지만, 거점 올리바 방향에서 검은 연기가 피어오르는 것만 같

왔다. 메이 역시 뭔가 이상하다고 느꼈는지 그녀와 치호의 발걸음은 점점 빨라져만 갔다.

"어? 갑자기 왜 이렇게 빨리 가는 거야? 기… 기다려! 같이 가자고!"

치호는 〈틸베른의 속임수〉 덕에 감추어진 거점을 볼 수 있고, 메이는 거점 올리바를 등록해 두었기에 뭔가 이상한 점을 파악할 수 있었다. 반면에 대진은 두 가지 경우 모두 해당되지 않았기 때문에 말없이 걸음이 빨라지는 두 사람을 이해할 수 없었다.

하지만 두 사람의 표정이 점차 변해가는 걸 보니 뭔가 문제가 있는 것을 느낄 수 있어 군말 없이 두 사람을 따라 빠르게 이동하기 시작했다.

*   *   *

세 사람은 빠르게 이동해 거점 올리바의 영역에 들어섰다. 메이가 거점을 드러내자 드디어 대진도 거점의 모습이 눈에 들어오는 듯 표정이 변하기 시작했다.

"이… 이건. 무슨 일이래? 메이, 네가 이렇게 해놓고 나온 거야? 깽판을 쳐도 어떻게 이렇게 치고 나올 수가 있지?"

"저 아니에요! 그럴 능력도 없구요. 저도 이런 건… 더군다나 여긴 거점이라구요. 다들 알잖아요. 거점에서 어떤 제약이 있는지."

세 사람은 드러난 거점 올리바를 보며 벌어진 입을 다물지 못했다.

올리바의 모습은 지난번 세비아와 비교도 되지 않을 만큼 처참하게 파괴되어 있었다. 성한 건물을 찾아보기 힘들 정도로 거점의 모든 건물 및 시설들은 파괴되어 있는 것 같았고, 마치 우박이라도 떨어진 것처럼 지붕에 구멍이 숭숭 뚫려 있는 곳도 심심치 않게 볼 수 있었다. 다만 우박은 아닌 듯 뚫린 구멍 주위로 검은 그을음 자국이 남아 있었다.

파괴된 올리바를 보는 대진은 보면 볼수록 그 파괴의 참상이 세비아와 닮아 있어 치호를 보며 물었다.

"치호, 이거… 흔적들이 어째 낯익지 않아?"

"그래, 클레이다. 거점에서 이런 짓을 할 수 있는 놈은 아직 그놈밖에 없는 것 같으니까."

"이런 제길! 이 미친놈이 결국 또 사달을 내는구만. 미치려면 곱게 미쳐야지 이게 무슨 짓이야! 대체."

치호와 대진이 단정 지으며 말하자 메이는 재빨리 대화에 끼어들며 물었다. 메이는 클레이가 세비아를 습격하기 전 필드를 넘어왔기 때문에 녀석에 대해 아직 모르는 눈치였다. 대진은 치호를 대신에 녀석에 대해 메이에게 설명해 주었다. 모든 이야기를 들은 메이는 소스라치게 놀라며 말했다.

"클레이? 이게 사람이 한 짓이라구요? 그것도 거점 안에서?"

"그래, 놈은 두 번째 필드 세비아에서 연습을 한 거였군."

"연습?"

"아마도 자기 힘이 어디까지 통용되는지 시험하고 싶었겠지. 그리고 통한다는 게 확실시되자 이곳에서 일을 벌인 거지."

세 사람은 클레이에 관해 이야기하며 천천히 주변의 참상을 둘러봤다. 그런 모습을 보다 보니 치호는 다른 이들과 다르게 뭔가 가슴 한구석이 아린 느낌을 받았다.

만약 자신이 좀 더 서둘러서 클레이를 처리했다면 이런 일들은 막을 수 있지 않았을까 하는 생각이 들었기 때문이다.

'클레이… 넌 반드시 죽인다.'

치호가 클레이에 대해서 분노의 감정을 되새김질하고 있을 때도 거점은 아직 진화되지 않은 불길을 잡는 데 여념이 없었다.

메케한 연기가 가득한 거점 올리바는 더 이상 회생의 희망이 없어 보였다.

"메이, 미안한데 일단 신전부터 좀 들려야겠어. 놈에 대해 알아볼 게 있어."

치호는 녀석이 떠난 지 얼마 되지 않은 것 같으니 신전으로 가면 녀석에 행방에 대해 알 수 있을 것 같았다.

에픽 퀘스트의 단서인 '와린'에 대해서 알아보기 위해 후손 클레디안을 찾아가는 것도 좋지만, 일단은 이 미친놈을 잡는 게 급선무일 것 같았다. 녀석을 내버려 뒀다간 얼마나 많은 희생이 계속될지 알 수 없기 때문이었다.

메이도 치호의 표정을 보고 뭔가 감을 잡았는지 말없이 고개를 끄덕였다. 치호 일행이 거점의 중심부에 위치한 신전에 거의 다다랐을 때 몇몇 무리가 일행의 앞을 가로막으며 나섰다.

"잠깐, 거기 셋. 너희 못 보던 녀석들인데 어디서 왔나."

"우리 말하는 건가?"

"그래, 거기서부터는 통제 구역이다. 정체를 모르는 이들을 들일 수는 없다."

세 사람의 길을 막은 이들은 신전과 관련된 이들 같았다. 아무래도 거점의 상태가 이 모양이다 보니 신전에서 사람을 풀어 신전 주변을 보호하고 있는 것 같았다.

치호는 그런 그들에게 브로치를 보여주며 말했다.

"이곳 올리바의 사제, 어디 있나."

치호 일행을 가로막은 인물들은 가슴팍에 달린 브로치를 보자 급격하게 태도가 변했다. 마치 신전의 고위급 사제라도 만난 것처럼 정중한 태도였다. 지난번에도 느낀 것이지만 브로치가 지니는 의미는 대단한 것 같았다. 녀석들의 이런 태도를 보면 아주 특효약이나 다름없다.

"신탁의 주인이셨군요. 실례했습니다. 저는 올리바 신전의 수호자 펠리카입니다."

자신을 펠리카라고 소개한 이는 정중한 태도로 치호 앞에 나섰다. 그러고는 할 말이 더 있는 것인지 머뭇거리다가 무거운 입을 떼기 시작했다.

"안타깝게도… 올리바의 사제는 이번 사태 때문에 목숨을 잃었습니다. 혹여 용무가 있으시다면 제가 처리해 드리겠습니다."

"사제가 목숨을 잃었다고? 어쩌다가?"

"후… 제 불찰입니다. 수호자의 이름을 가지고 있으면서도 신전을 제대로 지키지 못한 탓입니다."

치호는 사제가 죽은 이유를 물었지만 수호자는 쓸데없이 자신의 잘못이네 어쩌네 하면서 요지를 빗겨나가기에 답답해진 치호가 단도직입적으로 물었다.

"그런 것 말고, 클레이가 직접 신전을 타격했나?"

"아… 네. 수배자 클레이를 알고 계시군요. 맞습니다. 신전으로 직접 찾아와 사제를 살해하고 올리바를 빠져나간 것 같습니다. 아마도 저희가 클레이를 추적한 것이 녀석의 신경을 긁었던 모양입니다."

"그랬군, 녀석의 목표가 신전이었나? 그럼 올리바는 어떻게 되는 거지? 거의 회생이 불가능해 보이는데."

치호는 궁금한 것이 많은지 질문을 쏟아내었다. 녀석은 분명 진실의 땅 에비안으로 향하는 것 같더니 그곳에는 모습을 드러내지 않았다. 그러고는 난데없이 신전을 타격한 것이다. 어쩌면 치호가 생각을 잘못하고 있는 것일 수 있지만, 전혀 연관이 없을 것이라 생각하지 않았다. 수많은 거점, 수많은 신전 중 하필 진실의 땅 에비안 근처에서 일을 벌이는 이유가 있을 것이다.

"그것에 관해서는 조만간 교단에서 결론을 내릴 것입니다. 신전이 직접적인 타격은 받은 것은 이번이 처음이기에 조사가 좀 필요할 것 같습니다. 더군다나 저희 신전 외에도 올리바의 핵심 길드인 헤리듐 길드를 박살 내고 길드장 카미도를 제거한 것으로 봐서는… 아직은 무엇이라 속단하기는 어렵습니다."

"헤리듐 길드까지… 후, 그렇다면 지금 클레이의 소재는 파악됐나? 이렇게 난리를 피우고 갔다면 뭔가 꼬리를 잡았을 것 같은데 말이야."

"네, 그렇지 않아도 그림자 사제 쉐이퍼를 비롯해 올리바의 신도까지 모조리 클레이의 추적에 나섰습니다. 조만간 소식이 들어올 것입니다."

올리바의 수호자 펠리카는 자신 있는 듯 말했지만 치호는 믿음이 가지 않았다. 지난번에도 클레이를 추격한다는 녀석들이 결국 성과를 내지 못하고 일을 이 지경까지 끌고 왔기 때문이다. 그런 녀석들을 믿고 클레이가 잡히기만을 기다릴 수는 없었다.

"녀석은 어느 쪽으로 도주했지? 아직 멀리 가지는 못했을 터, 빨리 가면 따라잡을 수도 있을 것 같은데… 녀석이 떠난 지 얼마나 되었지?"

"아, 네! 북쪽의 시노프 개척 거점 방향으로 떠난 지 반나절 정도 지났습니다. 한데… 저희 측 인원이 붙었으니 곧 결판이 날 것입니다. 위험한 듯싶으니 치호 님은 여기서 기다리시는 게……."

펠리카가 치호를 만류하듯이 무언가를 계속 이야기했지만 치호의 귀에는 더 이상 다른 말이 들리지 않았다. 반나절 정도의 거리는 서두르면 충분히 따라잡을 수 있는 거리이기에 녀석을 잡을 수 있을 것 같았다. 더욱이 녀석은 신전의 사제들에게 추적을 받는 상황이라면 운신에 폭이 넓지 못할 것이다.

'클레이, 다 왔다. 조만간 얼굴 한번 보자고.'

클레이에 대해 곱씹으며 대진과 메이를 돌아봤을 때 대진은 파괴된 신전의 구석구석을 살피고 있었고 메이는 사색이 된 표정을 하고 있었다. 대진이야 원래 호기심을 채워야 하기에 그러려니 해도 메이의 표정은 이해가 가지 않았다. 그런 메이와 눈이 마주치니 메이가 조용히 치호에게 눈짓했다. 그 눈짓을 받은 치호는 알았다는 듯 고개를 가볍게 끄덕이고는 펠리카에게 말했다.

"흠흠, 정보 고맙다. 큰 도움이 될 것 같군. 그리고 우릴 걱정해 주는 것은 좋지만 이쪽도 클레이와 얽힌 게 많아서 말이야."

"후… 어쩔 수 없군요. 다만 위험하다 판단되면 얼른 몸을 빼셔야 합니다."

"알았다. 대진! 가자!"

신전을 둘러보고 있던 대진은 치호가 부르자 황급히 뛰어오며 치호의 곁으로 달려갔다. 신전이 파괴된 모습을 더 보고 싶은 모양인지 아쉬운 듯한 표정이었지만 치호와 메이가 뒤도 돌아보지 않고 떠나자 혼자 이곳에 남을 수는 없었기에 다급히 뛰어온 것이다.

신전에서 어느 정도 떨어지자 메이는 주변을 두리번거리며 살피기 시작했다. 그런 모습을 보고 치호가 메이에게 말했다.

"대체 왜 그래? 신전 녀석들 때문이라면 근처에 기척은 없으니까 말해봐. 아까 보니 표정이 심상치 않던데 무슨 일 있어?"

메이는 치호가 주변에 신전과 관련된 이들이 없다고 말하니 다급히 말했다.

"아저씨! 큰일 났어요. 클레이? 하여튼 이 거점을 이렇게 만든 그놈이 시노프 개척 거점으로 가면 안 돼요!"

치호가 다급히 말하는 메이의 말을 이해하지 못하는 기색을 보이자 메이가 가슴을 치며 말했다.

"아휴. 정말 일이 꼬이려니 이런 식으로 꼬일 줄 몰랐어요. 그 시노프에 클레디안이 있다구요!"

"뭐? 클레디안이… 어째서?"

"제가 일전에 말했죠? 알란을 만나서 클레디안을 겨우 빼돌리는 게 전부였다고. 그때 헤어지면서 시노프에서 다시 만나기로 했거든요. 그런데 하필 거기로… 만약 시노프도 거점 올리바처럼 파괴된다면 클레디안이 위험해요!"

메이의 말을 들은 치호는 표정이 구겨졌다. 놈이 그쪽 방면으로 도주한 게 아니라 어쩌면 애초에 클레디안을 노렸던 것인지 몰랐다. 아니, 지금 정황상으로 보면 그렇다고 해도 무방할 것 같았다.

"아무래도 녀석의 목표는 클레디안인 것 같다. 아니, '와린'일지도 모르겠군. 젠장."

메이에게 클레디안이 '와린'에 대한 정보가 있을 것 같은 뉘앙스를 전해 듣긴 했지만 클레이가 이런 식으로 움직인다면 클레디안이 뭔가 확실히 알고 있는 게 틀림없다. 생각이 거기까지 미치자 더 이상 지체할 시간이 없었다.

"후… 최대한 빨리 움직인다. 오늘 내로 녀석들을 따라잡아야 해."

치호가 말하자 대진이나 메이는 별다른 이견 없이 그 말을 따랐다. 대진은 대진 나름대로의 이유가 있었고 메이 또한 그와 같았기 때문이었다.

*　　　　*　　　　*

"후… 벌써 어두워지고 있어. 오늘 내로 따라잡을 수는 있겠지?"

대진이 치호를 향해 물었다. 세 사람은 거점 올리바를 빠르게 벗어나 개척 거점 시노프를 향해 쉬지 않고 달렸다. 하지만 아직 클레이의 흔적은커녕 추적하고 있다던 사제들조차 발견하지 못하고 있었다.

"늦어도 내일 동이 트기 전까지는 따라잡아야 한다. 아니면 시노프는 전장이 될 거야. 그러면 클레이를 잡든 못 잡든 그곳에서 수많은 무고한 희생자가 발생할 거다. 그것만은 피해야지."

"제길. 클레이 망할 녀석, 그놈 하나 때문에 몇 명이 이 개

고생을 하는 거야? 그리고 죽은 사람은 몇 명이나 되고. 젠장."

대진은 마음에 들지 않는다는 듯이 툴툴거렸지만 그러면서도 빠른 발걸음은 멈추지 않았다. 처음에는 그저 자신의 수배를 풀기 위해, 그리고 신전과의 오해를 풀기 위해 치호와 행동했을 것이다. 아니, 어쩌면 둘 다 큰 이유는 아니고 그저 치호의 보이지 않는 강압에 억눌려 따라다녔는지도 몰랐다.

하지만 지금은 아니다.

치호와 행동하면서 클레이가 벌여놓은 참상을 몇 번 겪더니 이제는 대진 스스로도 클레이를 잡아야 한다는 사명감 같은 게 생긴 것 같았다. 아직은 현대인 같은 면모가 남아 있는 대진에게 있어 클레이는 더 이상 과거의 동료가 아니었다. 그저 반드시 죽여야 할 인물로 떠올라 있었다.

대진이 클레이를 떠올리며 이를 악물며 걸을 때 메이의 다급한 외침이 들렸다.

"저기! 저길 봐요! 하늘이 저곳만 붉어요!"

메이가 가리키는 곳을 보니 정말 멀리 떨어진 그곳의 하늘만 유달리 붉은 기운이 감돌았다. 석양은 이미 한참 전에 졌고 어둠이 몰려오는 이 시간에 붉은 하늘은 보통의 일처럼 느껴지지 않았다.

"동이 트길 기다릴 필요도 없겠군. 아무래도 저기서 전투가 벌어지고 있는 것 같다. 서둘러!"

치호는 그렇게 말하고는 빠른 속도로 달려 나가기 시작했다. 마음 같아서는 〈투사의 발걸음〉을 연속해서 사용해 지금 전투가 벌어지고 있는 곳에 가고 싶지만 상황이 어떻게 변할지 모르기에 마력을 낭비할 수는 없었다.

"다들 긴장해. 기척이 잡히기… 아니 빠른 속도로 사라져간다. 다들 무기 들어."

치호가 발걸음을 멈추고 뒤늦게 따라오던 대진과 메이에게 경고하듯 말했다. 두 사람은 이곳까지 쉬지 않고 달려와 다소 지친 기색이 역력했지만 인벤토리에서 포션을 한 병 꺼내 마시며 전투를 준비하기 시작했다. 대진은 허리춤에 두르고 있는 채찍을 풀어내기 시작했고 메이는 장갑을 손에 끼우기 시작했다. 키테그람과 전투를 하며 얻었던 바로 그 장갑이었다.

두 사람이 전투를 준비하는 모습을 보고 치호 역시 파멸의 조각을 꺼내 들었다. 아까부터 치호의 〈광인의 영역 선포〉에 걸려든 기척들이 빠른 속도로 줄어들고 있었다. 아직은 적으로 등록해 두지 않아 정확한 위치는 파악이 힘들지만 숫자가 줄고 있는 것만은 확실히 느낄 수 있었다. 아니, 그런 건 스킬로 파악하지 않아도 충분히 알 수 있었다. 붉은 하늘 아래 울려 퍼지는 비명을 들어보면 말이다.

"끄아악!"

"컥컥."

저 멀리 불꽃이 떨어지고 한 개의 기척이 사라진다. 붉은 섬광 같은 한 줄기 빛이 그어질 때마다 또 한 개의 기척이 사라졌다.

저 붉은 섬광, 분명 본 적이 있다. 아니, 기억하지 못할 리가 없다. 치호가 테스트 필드에 와서 처음 겪은 스킬이었으니까. 그것에 더불어 목숨까지 한 번 빼앗겼었으니까.

치호는 몰려오는 어둠 속에서 녀석의 스킬이 빛을 발할 때마다 심장이 빠르게 뛰었다. 더욱이 쿵쾅대는 심장 소리에 맞추어 자신도 모르게 웃음이 새어 나올 것만 같았다. 이러면 안 되는데 자꾸만 웃음이 새어 나왔다. 치호는 비틀려 올라가는 입꼬리를 감추기 위해 쓰러져 있는 녀석들 중 하나에게 다가가 살피는 척하며 고개를 숙였다. 이렇게라도 해야 자신의 표정을 감출 수 있을 테니까.

한데 치호가 살피던 녀석은 아직 죽지 않았던 것인지 치호의 발목을 붙잡으며 말했다.

"씨익씨익, 가… 가지마. 저놈… 아… 악마… 모두… 죽을…….."

발목을 잡고 경고하는 녀석은 말조차 제대로 하지 못했다. 강한 화기에 의해 성대가 손상을 입었는지 거친 목소리와 함께 바람이 새는 듯한 소리가 함께 들렸다. 그런 그에게 회복 포션을 꺼내 부어주며 녀석의 귓가에 속삭이듯 말했다.

"악마? 크흐흐. 악마라… 오늘 좋은 구경하겠네? 악마가 찢겨 죽는 걸 볼 수 있을 테니까."

제6장
두 사람

치호가 속삭이며 쓰러진 녀석에게 이야기했지만 쓰러진 녀석은 눈만 동그랗게 뜨고 치호를 잠시 바라보다가 회복 포션이 주는 고통 때문인지 이내 정신을 놓았다. 하지만 상처 부위에 새살이 돋고 있는 걸 보니 목숨은 건진 것 같았다.

"치호! 가자고 어서! 클레이 놈이 사람들 다 죽이겠어."

"그래. 가지."

대진의 다급한 부름에 치호가 다시금 일어섰을 때 치호의 얼굴에 비친 섬뜩한 미소는 사라지고 없었다.

약간은 무뚝뚝한 그 얼굴, 방금 고개를 숙이기 전의 얼굴로 다시 돌아온 듯했다.

하지만 눈빛은 장난기가 가득한, 아니 광기가 가득한 눈빛이었지만 메이나 대진 역시 그것을 알아챌 순 없었다. 앞에서 끊임없이 들리던 비명이 잦아들고 있었기에 다급해졌기 때문이다.

"끄윽."

"이… 악마! 네놈은 여신님이 반드시 벌을 내릴 것이다!"

가까이서 바라본 전투의 광경은 참혹했다. 녀석이 주로 다루는 스킬이 불에 관련된 스킬인지 녀석이 한번 스킬을 사용할 때마다 고기타는 냄새와 함께 비명이 동반되었다. 더욱이 스치기만 해도 그 대미지와 고통은 상상을 초월하는지 포션을 꺼내 회복할 생각도 못할 만큼 고통스러워 정신을 놓아버리는 것 같았다.

"저… 미친놈이! 야! 클레이! 너 미쳤어? 대체 왜 이러는거야!"

대진이 클레이에게 다급하게 외쳤다. 아무래도 인연이 있는데 다짜고짜 공격부터 날릴 수는 없었던 모양이었다. 그런 대진을 클레이가 알아보는 기색이었다. 클레이 앞에 무기력하게 끓어앉은 녀석의 목숨을 끊으려던 행동을 멈추고 대진 쪽을 바라보는 것을 보면 말이다.

"이야! 이게 누구야? 우리 대진이 아니야? 유대진이? 어?"

"야! 클레이, 너 미쳤어? 이게 대체 무슨 짓이야!"

"무슨 짓이라니. 보고도 몰라? 사람 죽이는 게 새삼스러운 것도 아닌데 뭘 그래?"

클레이는 대진을 반갑게 맞이했다. 아직 대진을 알아보는 것을 보면 녀석은 대진의 말처럼 완전히 미쳐 버린 것은 아닌 것 같았다. 하지만 그러한 사실은 대진에게 별로 중요하지 않았다. 지금 벌어지고 있는 상황과 녀석이 해온 행동만으로도 이미 녀석은 제정신이 아닌 것 같았으니까.

"너 대체 왜 이렇게 변한 거야. 다른 녀석들은 어디 갔어?"

"누구? 네가 있을 때 같이 있는 녀석들?"

"그래 임마!"

대진은 그간 궁금했던 것을 물었다. 지금껏 클레이에 대한 흔적은 발견했어도 그와 함께했던 동료들의 흔적은 찾아볼 수 없었기 때문이다.

"그 녀석들이야… 이미 두 번째 필드에서 이미 내 예술 작품으로 만들어줬지. 녀석들도 원했어! 분명히."

"그 말은… 너 이 새끼! 어떻게 그럴 수가 있어!"

클레이의 말을 듣고 대진은 분노를 참지 못하는 것 같았다. 하지만 녀석의 실력을 알고 있기에 섣불리 덤벼들지는 못하는 것 같았고 그저 채찍을 든 손만이 부들부들 떨리고 있었다.

"크크크. 대진이… 유대진이. 그래서 내가 널 좋아하는 거야. 너랑 이야기하다 보면 나만 쓰레기가 된 듯한 느낌이 들어서 아주 좋거든? 그래서 두 번째 필드에서 너를 놓친 게 참… 뭐랄까… 엄청 아쉬웠는데, 여기서 만나네?"

"이… 미친놈이."

대진은 녀석과의 대화를 잇지 못했다. 더 이상 클레이와의 대화는 무의미할 것 같았다. 이제는 전투만이 있을 뿐이다. 대진이 선공을 날리려는 찰나 클레이가 물었다.

"그런데… 뒤에 있는 녀석들은? 새로운 동료야? 계집 하나에… 음? 저놈은 왠지 낯이 익은데……?"

클레이가 치호를 보며 머리를 갸웃거렸다. 아무래도 어디선가 본 것 같은데 기억이 날 듯 말 듯 나지 않았기 때문이다.

"거기 칼쟁이! 너 나 본 적 있어?"

클레이가 치호를 향해 물었다. 그러자 치호가 천천히 대진 앞으로 나서며 미소를 지으며 말했다. 그 눈빛은 도무지 지금의 현장 분위기에 어울리지 않는 눈빛이었다. 이유는 알 수 없지만 클레이 녀석과 전투가 시작되기도 전에 벌써 치호 안의 다른 녀석이 치호의 전면에 나선 것 같았다. 이런 일은 이 례적인 일이나 지금껏 치호가 보여줬던 녀석들과는 전혀 다른 성격을 가진 것 같았다.

치호의 육체의 통제권을 가졌음에도 날뛰지도 않았고, 그

렇다고 주체할 수 없는 광기를 보이지도 않았으며 오만하지도
않았다.

그저 사태를 관망하고 주변을 살필 뿐이었다. 마치 오랜만
에 나온 밖을 조금이라도 더 구경하고 싶다는 듯이 말이다.
하지만 그에게서 풍기는 기세는 지금껏 치호가 가지고 있던
것과는 그 질이 달랐다.

차분하면서도 극도로 차가운, 그러면서도 얼핏 흘러나오는
광기는 클레이와 비교에 더했으면 더했지 절대 그 아래가 아
니었다.

그런 치호를 보며 같은 부류라는 것을 느낀 것인지 클레이
는 치호에게 큰 호기심을 보였다. 만약 저런 녀석을 어디선가
만난 적 있다면 분명 기억하고도 남았을 텐데 도무지 기억이
나지 않았기 때문이다. 클레이의 의문이 깊어질 무렵 치호가
천천히 입을 떼었다.

"나… 기억 안 나? 이거 서운한데?"

"맞지? 그렇지? 분명 만난 적이 있어. 그런데… 왜 기억이 안
나지?"

"크흐흐. 기억이 안 날 수밖에. 잠깐, 아주 잠깐 스친 인연
이었거든, 우리는."

치호는 잠시 그때를 회상하는 것 같더니 천천히 클레이 앞

으로 걸어 나갔다. 점차 거리를 좁히자 클레이 앞에 무릎이 꿇린 채로 죽음을 기다리고 있던 이의 얼굴이 보였다. 그는 일전에 그림자 사제라며 자신을 소개했던 쉐이퍼였다.

쉐이퍼는 클레이를 추적한다며 그토록 자신감 있게 장담하더니 결국 클레이 앞에 무릎을 꿇고 죽음을 기다리고 있는 처지가 되었다. 그런 쉐이퍼가 치호를 알아봤는지 다급히 말했다.

"도… 도망가십시오! 이… 이놈은 저희가 대적할 만한 상대가… 컥컥."

쉐이퍼는 치호에게 경고했으나 그 말이 끝나기도 전에 클레이가 쉐이퍼의 목을 그대로 후려치며 말을 끊었다.

"재미있어지려는데 왜 초를 쳐? 어? 아는 사이야? 이 교단 놈들하고."

치호가 교단과 관련이 있는 것처럼 보이자 클레이의 표정에서 냉기가 흘렀다. 클레이는 교단과 마치 원수라도 진 것처럼 교단과 관련된 모든 것들을 지우려는 듯 행동하는 것 같았다. 방금 전까지 치호에게 관심을 보이며 나름 훈훈했던 분위기와는 달리 교단의 이야기가 나오자 금세 태도가 변하는 것을 보면 말이다.

"뭐… 관련이 좀 있다면 있는 편이고 없다면 없는 편이지.

그건 네가 좋을 대로 생각하고, 중요한 건 너와 나와의 은원을 처리하는 것 아니겠어?"

"은원? 난 그런 거 없는데? 애초에 그런 걸 만드는 성격이 아니라서 말이야. 그때그때 난 다 처리하고 오는 성격이거든."

"아, 그러셨어? 그런데 왜 난 못 죽이셨을까? 그것도 갓 필드에 들어온 뉴비를 말이야."

치호의 말에 클레이는 한쪽 눈이 경련을 일으키듯 파르르 떨렸으나 이내 표정을 고치고 치호에게 말했다.

"못 죽여? 내가?"

"그래, 나 기억 안 나? 자살자."

"자살자… 어?"

키워드를 던져주자 클레이는 잠시 생각하는 것 같더니 이내 무언가 떠올랐다는 듯한 표정을 지었다.

"그때… 그래! 기억났다! 아닌데… 그때 분명 목을 베었는데? 목이 떨어진 것도 확인했고… 근데 내 앞에 있는 놈은? 아니야, 베었어. 돌아가서 피를 닦느라고 고생했는데? 그럼 저놈은 뭔데? 스킬을 썼나? 환상 계열? 아니야, 그때 분명 뉴비들이었는데 그럴 리가! 그럼 내 앞에 있는 쟨?"

클레이는 뭔가 혼동이 오는지 혼자 이상한 말을 중얼거렸다. 대진이 녀석을 멀리하는 이유가 있는 것 같았다. 그런 클레이를 보던 치호는 피식 웃으며 말했다.

"목을 뺐든 안 뺐든 오늘 베면 되는 것 아니겠어? 어때? 내 말이 맞지?"

"맞아! 그걸 왜 내가 생각을 못 했지? 히야. 자살자 주제에 너 똑똑하구나?"

클레이는 그렇게 말하고 입술이 조그맣게 움직였다. 그 순간 치호는 메이와 대진에게 외쳤다.

"피해!"

치호의 말이 끝나기 무섭게 세 사람은 세 방향으로 흩어졌고 동시에 클레이의 스킬이 치호 일행이 있던 자리를 덮쳤다.

치호가 있던 자리는 구덩이가 만들어지고 모래들이 녹아 용암처럼 흐르고 있었다. 그 모습을 보고 치호가 놀랍다는 표정을 짓자 클레이가 의기양양한 표정으로 말했다.

"이야. 두 번은 안 당하나 봐? 어때 나도 좀 달라지지 않았어?"

클레이는 마치 자랑이라도 하듯이 치호에게 말했다. 치호를 한참이나 낮잡아 봤는지 대등한 상대라면 바로 연격을 날렸어야 했으나 그렇지 않고 그저 치호를 도발하려는데 여념이 없었다.

"그래. 그럼 나도 좀 보여줘야지. 아보크의 싸움터."

치호는 지금껏 단 한번도 써본 적이 없는 스킬을 사용했다.

일전에 얻었던 히든 스킬 〈아보크의 싸움터〉였다. 이 스킬은 지배자들이 생성해 내는 배틀 필드의 원류가 되는 스킬로 지금껏 써야 할 상대가 마땅치 않았는데 이번 기회를 빌려 사용해 보려는 것이다.

[마력 50을 차감해 싸움터를 생성합니다.]

메시지와 함께 치호의 전방으로 싸움터가 형성되기 시작했다. 치호의 예상대로 이 스킬은 배틀 필드와 마찬가지로 주변에 투명한 막을 쳐서 상대에게 온전히 집중할 수 있는 환경을 만들어주는 것 같았다. 치호의 전방으로 스킬이 발동되었기에 메이와 대진은 그 필드 안에 들지 못했다.

메이와 대진이 느닷없이 생긴 차단막 때문에 당황하며 연신 막을 두들겼지만 견고한 차단막은 흠집조차 생기지 않았다. 밖에서 두 사람이 치호를 향해 무어라 소리쳤지만 치호에게는 들리지 않았다. 소리까지 차단하는 모양이었다.

치호는 다급한 표정을 짓는 두 사람을 보며 걱정 말라는 듯 미소 지으며 말했다.

"금방 끝나. 기다려."

짧은 말이었지만 입 모양으로 대충 알아들었는지 메이가

고개를 천천히 끄덕였다. 하지만 대진은 못내 아쉬운 듯 눈을 떼지 못했지만, 치호는 크게 신경 쓰지 않고 차갑게 돌아서며 클레이를 응시했다.

클레이는 자신을 둘러싼 이 싸움터의 차단막이 마음에 들지 않는지 연신 스킬을 차단막에 날리고 있었다. 하지만 클레이의 강력한 공격도 차단막을 뚫진 못했다.

"이거 네 스킬이야?"

클레이는 도무지 뚫릴 생각을 않는 차단막에 씩씩거리며 치호에게 물었다.

"그래, 내 스킬이지. 날 죽이면 없어져. 그러니 걱정하지 말고 한판 붙어보자고. 거점을 박살 내는 그 힘, 어떤 것인지 궁금하니까."

"그으래? 그렇게 쉬운 방법이 있으면 진작 말하지 그랬어. 괜히 기운만 뺐잖아."

"쉬운 방법일지 어떨지는 좀 지켜봐야지?"

"이번에는 그 목 간수 잘해. 지난번처럼 한방에 툭 떨어지면 재미없잖아? 큭큭."

두 사람은 서로를 도발하며 천천히 거리를 좁혔다. 그러나 두 사람 모두 그런 허접한 도발에 넘어갈 수준은 아닌 듯했고, 웃고 있는 말과 행동과는 달리 두 사람의 눈빛은 서로의

빈틈을 찾기 위해 작은 행동 하나도 놓치지 않으려는 듯 보였
다.

　투명한 차단막 안쪽의 두 사람은 서로의 빈틈이 생기기만
을 기다렸고, 그것을 밖에서 지켜보는 메이와 대진은 피가 마
르는 듯한 기분이 들었다.
　"치호 아저씨가 이기겠죠? 그렇죠?"
　"글쎄… 클레이가 나랑 헤어질 때만큼의 무력을 갖추고 있
다면 치호가 당연히 이기겠지만… 변해도 너무 변한 것 같아.
내가 알던 예전의 그 클레이가 아니야."
　"그게 무슨 뜻이에요?"
　"후… 방금 그 스킬, 우리에게 날렸던 그 스킬 말이야."
　대진은 클레이가 자신들을 향해 날렸던 스킬의 흔적을 보
며 고개를 절레절레 흔들며 말했다.
　"저 스킬이 원래 저런 게 아니었어. 그저 볼트만 한 불의 막
대가 상대를 향해 날아가 타격을 주는 스킬이었거든. 스킬의
위력 자체는 약해도 빠르게 상대를 타격할 수 있기 때문에 선
공하거나 정신없는 상대를 공격하는데 썼던 기술이란 말이
지."
　"에? 위력이 없다구요? 어딜 봐서요, 전혀 아닌데요?"
　"그러니까 내가 하는 말이야. 무슨 짓을 했는지 몰라도 스

킬 자체가 달라졌어. 위력은 두말할 것도 없고 속도도 더 빨라졌어. 내가 넋 놓고 있다가 치호 말 듣고 겨우 피한 것 자체가 말이 안 되거든. 나는 저 스킬을 수십 번이나 곁에서 지켜본 사람이니까."

대진은 클레이의 스킬이 비약적인 발전이 혹시 일전에 치호가 말한 스킬의 완성인지 뭔지 하는 것과 관련이 있을까 생각했지만, 그건 또 아닌 것 같았다. 치호의 말대로라면 그 과정은 지난한 일인데 클레이와 헤어진 그 짧은 시간에 스킬을 완성시켰을 리가 없기 때문이다. 분명 대진이 합류하지 않은 그 '신의 피'에 관련된 그 퀘스트에서 뭔가를 얻은 게 틀림없었다.

하지만 대진이 치호와 클레이를 보며 그런 생각을 하든, 안 하든 두 사람은 점점 거리를 좁혀 가기 시작했다.

"자살자 놈아. 지구에서도 자살한 주제에 무슨 삶의 미련이 남아 여기까지 온 거야. 사람 귀찮게 말이야."

"그러게 자살까지 하는 미친놈을 건드리질 말았어야지. 아니면 확실히 목숨을 끊어주고 가던가."

"그게 이상하다는 거야. 이상해……. 뭐 아무튼 이번엔 제대로 죽여줄게. 파이어 밤."

클레이가 스킬을 외침과 동시에 치호는 망설임 없이 클레이를 향해 쇄도했다. 스킬이 어떤 효과를 가지고 있던 상관없이 지금 있는 자리에서 넋 놓고 있다가는 스킬을 맞고 그대로 전투가 끝나 버릴지도 모르니 말이다.

치호가 있던 자리는 마치 폭탄이 터진 것처럼 공간이 터져
나갔다. 파이어 볼트의 경우 직선 운동을 하는 스킬이었으나,
이 스킬은 해당 위치에 전조도 없이 스킬이 발동되어 까다로
운 스킬이었다. 하지만 발동 시간이 파이어 볼트보다는 길었
기에 치호는 클레이에게 닿을 시간을 벌었다.

"파이어 바디!"

클레이가 스킬을 발동시키고 그것이 효과를 나타내는 짧은
시간에 클레이의 앞까지 당도한 치호는 망설임 없이 파멸의
조각을 휘둘렀지만 치호의 손끝에 걸린 감각은 원하던 감각
이 아니었다. 클레이의 몸통을 지나쳐 그대로 땅을 찍은 것이
다.

"어때? 이 스킬, 아주 쓸 만하지 않아? 물리 공격 따위는 이
파이어 바디 하나만 있으면 무용지물로 만들 수 있지. 불을
어떻게 벨 거야? 응?"

클레이의 예상치 못한 스킬에 재빨리 물러나는 치호를 향
해 클레이가 의기양양하게 말했다. 녀석의 몸은 마치 불타오
르듯, 아니 한 명의 불의 인간이 된 것처럼 활활 타오르고 있
었다.

치호의 공격이 실패한 원인이 바로 그것이었다. 녀석의 몸은 마치 한 덩어리의 불꽃처럼 활활 타오르고 있어 검으로 불을 베어 봤자 허탕일 뿐이었다.

"트레이스, 파이어 볼트."

앞의 스킬은 뭔지 모르지만 파이어 볼트는 치호가 아는 스킬이었기에 재빨리 녀석의 직선거리에서 벗어났다. 그 정도만 피해도 일단 파이어 볼트는 피할 수 있을 것으로 생각했기 때문이다.

"크흑."

그러나 치호의 생각은 안일했다. 파이어 볼트가 직선적인 움직임을 보인다 하더라도 클레이가 그보다 앞서 알 수 없는 스킬을 사용했기 때문에 좀 더 주의했어야 했다. 트레이스란 스킬은 파이어 볼트 스킬과 시너지가 있는 것인지 파이어 볼트가 치호가 움직이는 방향으로 궤도를 급격히 바꾸어 치호를 타격한 것이다.

클레이는 치호가 타격을 받은 것을 보고 재빨리 치호에게 쇄도하며 즐겁다는 듯이 말했다.

"이야! 좋아! 이제 슬슬 끝내야지? 잘 가!"

클레이가 재빠르게 칼을 꺼내 처음 만났을 때처럼 치호의 목덜미를 향해 일격을 날렸다. 하지만 치호는 모래를 녹여 용암처럼 만들어 버리는 스킬을 맞고도 클레이의 공격을 빠르게 피해냈다.

보통의 테스터였다면 그 스킬을 맞은 즉시 클레이에게 당했을 테지만 60%의 달하는 저항력은 클레이의 공격을 반감시켜 줬고, 더군다나 치호의 발치를 점하던 검은 연기가 순식간에 치호를 치료했기 때문에 클레이의 연속된 공격을 피할 수 있던 것이다.

"이 날파리 같은 새끼가! 자꾸 도망만 다닐 거야? 어? 트레이스, 파이어 볼트!"

다시금 해당 스킬이 날아오자 치호는 입술을 깨물며 외쳤다.

"1인의 악몽."

치호가 클레이의 전투가 시작된 후 스킬을 사용한 것은 〈아보크의 싸움터〉를 제외하고 이번이 처음이었다. 원래의 치호라면 전투가 시작되자마자 〈투사의 발걸음〉부터 사용하고 악몽들을 최대한 불렀을 텐데 그런 모습과는 다른 전투 방법을 취하고 있었다.

지금껏 스킬을 사용하지 않고 클레이를 상대하고 있던 것이다. 그런 치호가 악몽 1인을 불러냈고 그 악몽은 치호를 대신해 스킬을 맞고 다시금 역소환되었다.

이런 과격한 방법은 치호의 전투 방식이 아니었다. 이전까지의 치호는 악몽들을 이런 식으로 소비하지 않는다. 차라리 자신이 스킬을 맞고 **빠르게** 회복 후 다수의 악몽들을 이용해 활로를 찾는 것이 치호의 지금까지의 방식이었다면 지금은 최소한의 마나 소비로 최대한의 효과를 내기 위한 방법을 사용하는 것 같았다. 다소 과격한 방법이었지만 효율을 생각하면 이것이 최선이었다.

그런 치호의 대처에 클레이는 더 이상 파이어 볼트는 통하지 않는다는 걸 깨달았는지 짜증을 내며 스킬을 외쳤다.

"자꾸 날파리처럼 도망만 다닐 거야? 파이어 월!"

동시에 치호의 주변으로 불의 장막이 솟아올라 치호의 움직임을 제한하려고 들었다. 하지만 치호는 당황하는 기색도 없이 대응 스킬을 발동시켰다.

"투사의 발걸음."

투사의 발걸음이 발동한 동시에 치호의 뒤로 검은 불꽃이 피어오르기 시작했고 클레이의 불꽃과 치호의 불꽃이 뒤섞여 서로 싸움을 하는 것처럼 보였다. 일진일퇴를 거듭하는 두 불꽃은 장관을 이루었으나 그것을 밖에서 바라보는 사람의 시선은 달랐다.

"메이… 내가 사람끼리 싸우는 걸 보고 있는 게 맞지?"

"그… 그럴걸요?"

"아닌 거 같은데… 저게 어딜 봐서 사람이야? 어? 하… 빈둥

빈둥 놀고 있을 때가 아니구만 이거. 나름 괜찮다고 생각했는데… 저것들과 비교하면. 젠장."

"저는 기록서에 이름 올렸는데… 하, 목숨 내놓는 짓이네요. 무슨 자신감으로 기록서에 이름을 올렸을까요? 하… 하."

메이는 문득 자신이 '영광의 기록서'에 이름을 올린 게 섣부른 행동이 아닌지 의구심이 들었다. 자신의 실력에 어느 정도 자신이 있었기에 기록서에 이름을 올려도 큰 피해는 없을 것으로 생각했기 때문이다. 하지만 지금 눈앞에 펼쳐지는 저 광경을 보고 그런 자신감은 눈 녹듯 사라지고 없었다. 저런 이들이 '영광의 기록서'를 보고 자신을 노린다면 대책이 없을 것이다.

밖의 두 사람이 전투를 관전하면서 자괴감에 빠져 있을 때 안쪽의 두 사람은 그런 시선은 의식할 겨를 따위는 없었다.

더욱이 치호의 경우에 일순간의 방심이 치명적인 타격을 줄 수 있는 스킬을 가진 클레이를 상대로 그런 여유를 부릴 수는 없었기 때문이다.

"흥, 이것도 피하는지 한번 보자고. 파이어 레인!"

클레이가 자신감 있게 스킬을 외쳤고 그 스킬은 광역 스킬인지 클레이의 머리 위를 중심으로 두꺼운 회색의 구름이 생성되기 시작했다. 마치 한바탕 소나기가 쏟아지기 직전의 구름은 빠른 속도로 규모를 늘려 나갔고, 치호는 녀석이 쓰려는

기술이 완성되기 직전 틈을 노려 녀석에게 다시금 쇄도해 나
갔다.

"이렇게 포기를 모르는 녀석들이 있지. 파이어 바디! 백날
쑤셔봐. 나한테는 안 통하……."

"셀렌의 안목."

지근거리에 들어온 치호는 검을 휘두르기 전에 이 타이밍만
기다렸다는 듯이 〈셀렌의 안목〉을 발동시켰다.

〈셀렌의 안목〉이 완성되면서 얻은 새로운 효과 하나.

스킬을 무효화시키는 것.

치호는 〈셀렌의 안목〉을 발동시킴과 동시에 일말의 망설임
도 없이 클레이를 베었다.

쓰악.

섬뜩한 소리가 두 사람 사이를 갈랐고 일순 정적이 흘렀다.

치호는 클레이를 벤 그대로 몸을 움직이지 않았지만 파멸
의 조각, 검의 검신을 타고 피 한 방울이 바닥을 향해 내달렸
다. 얼마나 깔끔하게 베었는지 파멸의 조각에는 지금 떨어지
는 피 한 방울을 제외하고는 피가 묻지도 않았다.

"씨팔… 이런 개 같은 경우가……."

클레이의 숨통이 아직 붙어 있는 듯 욕지기를 내뱉었지만

그런 그의 모습과는 달리 퍼져 나가던 먹구름은 순식간에 자취를 감추었다. 치호가 습관적으로 검을 한 번 털며 검집에 넣었고 그와 맞추어 클레이의 몸통이 반으로 쪼개져 한 줌의 재로 흩어지기 시작했다.

[아보크의 싸움터 해제됩니다.]

〈아보크의 싸움터〉가 해제된다는 메시지가 출력됨과 동시에 수없이 많은 메시지가 떠올랐지만 치호는 그런 메시지를 읽지 않았다. 그저 눈을 감고 무엇인가 중얼거리는 것 같았다.

"마력에 취하지 마라. 마력은 부족하지 않다. 그저 어떻게 쓰느냐가 문제일 뿐. 스스로를 약하게 만들지 마라. 치호."

치호가 중얼거린 것은 스스로의 다짐처럼 들렸지만 그게 아니었다. 지금껏 치호의 전면에 나서 있던 녀석이 돌아갈 시간이 되었기에 치호를 향해 남기는 메시지였다.

기존의 녀석들과는 달리 지금 치호의 몸을 점령하고 있는 녀석은 치호의 내면으로 돌아가는 것에 대해 반항할 생각하지 않고 순응했다. 오히려 치호에게 도움이 될 만한 말까지 남기고 힘을 남용하지 않는 것을 보면 말이다.

"아저씨! 괜찮아요?"

"치호! 클레이는 끝난 거야?"

〈아보크의 싸움터〉 영역 밖에서 노심초사하며 기다리던 두 사람이 차단막이 거두어지자 냉큼 치호에게 달려왔다.

"치호! 괜찮은 거야? 말 좀……."

"아저씨, 혹시 다친……."

두 사람은 대답 없는 치호의 상태를 걱정했지만, 치호와 눈이 마주친 순간 더 이상 말을 잇지 못하고 일순 몸이 경직되었다. 심지어 대진은 무의식적으로 채찍을 휘두를 뻔했는지 채찍을 든 손이 움찔 떨었다.

그런 두 사람을 잠시 보던 치호는 다시금 무언가 메시지를 남기는 듯했다.

"어설픈 눈속임에 놀아나지 마라. 치호."

마지막 그 말을 남기고 조용히 치호의 내면으로 돌아갔는지 치호 주변에 흐르던 그 냉담한 기운은 눈 녹듯 사라졌고 눈빛도 원래의 치호로 돌아왔다. 하지만 지금 치호의 눈은 어딘지 모르게 씁쓸해 보일 뿐이었다.

제7장
청산

'제길.'

치호는 입술을 질근 깨물었다. 아무래도 내면의 녀석에게 한소리 들은 게 자존심이 상한 것 같은 표정이었다.

'이 녀석이 나와서 날 걱정할 정도라고? 이건… 문제가 있는데.'

이번에 전면에 나선 녀석은 치호 내면에 자리 잡은 녀석 중 몇 안 되는 호의적 태도의 녀석이었다. 한데 어지간해서는 전면에 나서지 않던 녀석이 직접 나타난 것은 최근 치호의 행동이 어지간히도 마음에 들지 않는 것 같았다.

'이 녀석들이 날뛰면 골치 아파져.'

내면에 있는 수많은 녀석들이 골치 아픈 건 맞다. 하지만 지금은 협조적인 태도를 보이는 녀석들이 한번 엇나가기 시작하면 그건 정말 상상도 하기 싫은 상황일 것이다. 이들이 날뛰는 녀석들보다 상대적으로 약해서 치호에게 협조적인 태도를 보이는 게 아니니 말이다.

치호가 생각을 정리하고 주변을 둘러보자 경계 태세로 치호를 바라보고 있는 두 사람이 보였다. 메이와 대진이었다.

'이런… 두 사람이 있었지.'

생각에 빠져 있느라 주변을 생각하지 못한 것이다. 그만큼 이번 일은 치호에게 있어 의미가 깊은 것이었다.

"아… 미안하군. 그렇게 경계하지 않아도 돼. 전투 때 흥분이 좀 가라앉지 않아서."

치호는 두 사람에게 변명하듯 이야기했다. 하지만 치호가 두 사람에게 보냈던 광기 어린 눈빛은 두 사람에게 다소 위협적으로 다가왔는지 단박에 경계를 풀지는 않는 눈치였다.

"정말… 치호 맞아?"

대진이 슬금슬금 치호에게 조심스럽게 다가오며 말을 이었다.

"그래, 맞으니까 쓸데없이 힘 빼지 말라고."

"후… 메이! 맞나 봐. 치호가 맞아. 난 또 클레이처럼 미쳐 버린 줄 알았잖아?"

"전 저 녀석이 무슨 술수라도 써서 치호 아저씨한테 귀신이라도 들린 줄 알았어요. 무슨 눈빛이… 으으으."

두 사람은 치호의 말투가 이전과 같았고, 눈빛 또한 예전의 치호였기에 경계를 풀며 다가와 말했다. 아무래도 두 사람은 치호의 그런 모습이 낯선 것 같았다.

'좀 더 조심해야겠어.'

몸을 부르르 떨며 호들갑 떠는 두 사람을 보며 치호는 속으로 조용히 다짐했다. 아무래도 요즘 너무 풀어진 느낌이 없지 않았다. 조금은 마음을 다잡아야 할 필요가 있었다. 클레이의 경우에 그간 알게 모르게 쌓인 감정이 많았는지 다소 흥분을 많이 한 것 같았지만, 앞으로는 이런 일이 없어야 할 것이다. 최소한 저 두 녀석과 함께하는 동안에는 말이다.

대진과 메이는 천천히 전투의 흔적을 둘러보았다. 두 사람이 전투를 벌인 곳은 마치 전쟁이라도 난 듯한 모습이었다. 여기저기 폭탄이 터진 듯한 흔적이 난무했고, 녀석의 스킬이 닿은 곳은 아직도 열기가 식지 않았은지 열기를 뿜어내는 곳도 있었다.

"뭐랄까… 참 부질없네요. 도대체 무슨 목적으로 그런 짓을 저질렀을까요?"

"글쎄 그걸 묻지 못했어. 뭐… 편하게 대화할 상대도 아니었고 말이야."

치호와 메이의 대화를 듣던 대진이 끼어들며 말했다.

"뭐… 저 녀석도 어떻게 보면 피해자야. 처음엔 저렇지 않았는데 이런 곳에 와서 정신이 나간건지… 아니면 그 〈신의 피〉인가 뭔가 때문에 정신이 완전 돌아버린 건지……. 불쌍한 친구지."

대진은 검은 재로 화해 점점 사라지고 있는 녀석을 보며 씁쓸한 표정을 지었다. 아무래도 녀석과 함께했던 시간을 생각하는 것 같았다. 약간은 분위기가 무거워졌을 때 한구석에서 신음이 들렸다.

"으… 쿨럭."

세 사람은 소리가 난 방향을 향해 고개를 돌렸더니 그 신음의 주인공은 그림자 사제 쉐이퍼였다. 그를 보고 치호는 미소 지으며 천천히 쉐이퍼에게 다가가 말했다.

"생각보다 운이 좋은가봐?"

"쿨럭… 아닙… 쿨럭."

클레이에게 목을 가격당해 정신을 잃었던 쉐이퍼는 다행히 목숨을 구한 것 같았다. 그런 쉐이퍼에게 치호는 회복 포션을 건네며 말을 이었다. 쉐이퍼는 치호가 건네는 회복 포션을 마시자 조금씩 회복되는 기색이 보였다. 아무래도 크게 부상을 당한 멋은 아닌 것 같았다.

"살았다는 게 중요한 거지, 안 그래?"

"후… 여신님의 가호 덕분입니다. 한데 수배자 클레이는 어떻게 된 것입니까?"

쉐이퍼의 물음에 치호는 말없이 고개를 까딱하며 클레이를 가리켰다. 그 모습을 보자 쉐이퍼는 화들짝 놀라며 치호에게 말했다.

"아니 클레이를 직접… 대… 대단하십니다! 신의 피로 각성한 녀석을 처리하시다니 믿을 수가 없군요."

클레이의 사체를 보고 믿을 수 없다는 듯한 표정을 지었으나, 눈앞에 클레이의 사체가 재로 변하는 모습을 보니 믿지 않을 도리가 없었다.

"신의 피로 각성? 그건 무슨 뜻이지?"

쉐이퍼에게서 뜻하지 않은 단서가 흘러나왔다. 클레이에 대해서 무언가 아는 듯한 모양이다.

"아. 아직 모르실 수도 있겠군요. 이것은 저희가 클레이를 추적하며 얻은 단서입니다만… 클레이는 〈신의 피〉라고 불리는 물질을 복용해 강제로 각성을 한 것으로 판단됩니다."

"각성?"

"예. 그것을 복용하면 각자가 가진 스킬이 최대한의 효율을 보인다더군요. 그리고 그 해당 스킬의 극의, 즉 스킬의 완성

단계까지 강제로 끌어올리는 효과가 있다고 합니다. 그래서 클레이의 기술 하나하나의 위력이 대단했던 거죠."

쉐이퍼의 말을 들으니 치호가 가지고 있던 흩어진 조각들이 맞추어지는 듯한 느낌이 들었다.

신의 피, 그것은 존재했던 것이다. 아무래도 지난번 퀘스트로 놈은 그것을 얻은 것 같았다. 그래서 그걸 복용하고 자신이 가진 힘을 비약적으로 끌어올린 것 같았다. 하지만 몇 가지 의문이 들어 쉐이퍼에게 물었다.

"그럼 힘의 반동 같은 건 없나? 세상에 대가 없는 힘은 없을 텐데?"

"물론입니다. 반동이 엄청납니다. 사실 〈신의 피〉라는 것은 클레이처럼 장기간 효과가 나타나는 종류의 물건이 아닙니다. 자기희생을 각오하고 복용하는 물건이지요."

"희생?"

"네, 물건의 이름처럼 〈신의 피〉라는 건 인간이 감당할 수 있는 물건이 아닙니다. 강력한 힘을 주는 대가로 목숨을 받아갑니다. 아니, 몸이 견디질 못하는 겁니다. 그래서 결국 넘치는 힘을 제어하지 못하고 터져 죽고 말죠. 그래서 보통 사람들은 그 물건을 어떻게 구한다고 해도 그것을 복용하는 이는… 한데 녀석은 무슨 짓을 했는지 그 힘을 자유자재로 사용했지요."

쉐이퍼도 완벽히 녀석의 비밀을 알지 못하는 듯했다. 아무래도 아직 어떻게 거점 내에서 타격을 가능하게 만들었는지 밝혀지지 않은 것이다. 만약 거점 내에서 치호와 클레이가 붙었다면 승패의 향방은 클레이 쪽으로 기울어졌을 가능성이 높다. 단지 이번에는 전장 선택을 잘했기에 상대적으로 클레이를 쉽게 처리할 수 있었던 것뿐이었다. 하지만 결과는 치호는 살았고, 클레이는 죽었다. 이제와 추측성 생각은 의미가 없을 것이다.

"그랬군. 거점을 타격한 방법은 아직 밝혀지지 않았나?"

"예… 클레이의 흔적이 드러나지 않는 시기가 있는데 그 사이 뭔가 특수한 장비를 획득했을 것이라 생각됩니다만… 이미 저렇게 시체가 된 바에야… 밝혀내기엔 틀렸군요. 만약 알아낸다면 추후에 이런 일이 없도록 큰 도움이 되었을 텐데, 아쉽군요."

쉐이퍼는 그 말을 부상당한 사제들을 챙기기 시작했다. 다른 사제들도 포션을 마시고 하나둘 정신을 차리는 것 같았다. 그래도 살아남은 사제를 모아놓으니 꽤 되는 것 같아 그나마 다행인 것 같았다. 치호는 그런 쉐이퍼를 바라보다가 슬쩍 대진에게 물었다.

"뭔가 짚이는 거 없어?"

"흐음… 글쎄, 나도 녀석과 24시간 붙어다닌 건 아니라…

의심이 가는 부분이 있다면 〈신의 피〉관련 퀘스트를 가져오기 전에 무슨 연계 퀘스트 어쩌고 했다는 소리뿐인데… 연계 퀘스트라면 그 전에 뭔가를 해결했다는 뜻 아니겠어?"

"그럴 수도 있겠군."

"나도 녀석과 합류는 나중에 했기 때문에… 내가 함께할 때부터 거점 안에서 힘을 쓸 수 있는 거였던가? 그래서 그렇게 밖에서 사고치고 다녔던 건가? 거점 내부에서는 자신이 최강자라는 자신감으로? 아니지, 아니지. 하아… 그랬다면 그럴 수도 있겠어."

대진은 치호와 대화를 하다 말고 뭔가 중얼거리더니 혼자 납득하고 있었다. 그런 대진의 태도가 궁금해 치호가 물었다.

"무슨 소리야? 그럴 수도 있겠다니?"

"아… 미안. 그 왜 있잖아. 클레이가 미친 이유 말이야."

"미친 이유?"

"그래."

치호가 묻자 대진은 자신이 생각한 사실을 천천히 이야기하기 시작했다.

"쉐이퍼의 말을 들어보니 어쩌면 그럴 수도 있겠다는 생각이 들어. 어쩌면 녀석은 나와 함께할 때부터 이미 거점 안에서 타격이 가능하지 않았을까 하는 생각 말이야."

"너와 만나기 전부터?"

"그래. 만약 녀석이 그랬다면 녀석이 서서히 미쳐간 것도 이해가 되지. 우리 같은 일반 테스터들은 그나마 거점 안에서는 안전하다고 생각을 하고 푹 쉬잖아? 그런데 클레이는 그러지 못했던 거야."

"아… 그럼 녀석이 점점 불안해했다는 게 이해가 되는군."

"그래. 녀석은 혹시 자신처럼 거점에서 힘을 쓸 수 있는 누군가가 나타나 자신을 죽이지 않을까 해서 불안했던 걸지도 몰라. 그러니 정신적 여유가 없어졌고 잠도 제대로 자질 못한 거지. 그러다가 힘을 얻자… 그 억눌렸던 게 단숨에 펑하고 터져 버린 거지."

대진의 추측은 꽤나 신빙성이 있었다. 치호도 녀석이 처음 만났을 때와는 달리 다소 말투도 변하고 행동 자체도 변했다는 걸 느끼고 있었기 때문이다. 치호와 대진이 서로의 의견을 나누고 있을 때 메이가 이야기했다.

"에휴. 아저씨들! 그만 털어 버리자구요. 이미 죽은 사람인데 그게 뭐가 중요해요. 네? 그런 사람이 한둘도 아니고 그냥 클레이란 사람은 미친 사람 중에 꽤 강했던 것 일뿐이니까 크게 의미 두지 말자구요. 뭐… 거점 안에서 힘을 쓸 수 있었다는 건 궁금하긴 하지만 지금 알 수 없는 바에야 의미 없잖아요?"

메이는 클레이와의 접점이 없어서인지 클레이의 죽음에 큰 의미를 두지 않는 것 같았다. 그저 시노프의 개척 거점이 피해를 입지 않은 것만 해도 다행이라고 생각하는 것 같았다.

"뭐… 여기서 이야기해 봐야 녀석이 가지고 있던 장비가 무엇인지 모르니… 답이 안 나오긴 하지."

"그래. 그래도 좀 쓸쓸하구만. 제길."

"그러니! 어서 털어버리고 시노프로 가자구요! 장인의 후손 클레디안이 기다리고 있다구요!"

메이는 클레디안이 어디로 가버릴지 몰라 불안한 듯 서둘러 치호와 대진을 재촉했다. 치호와 대진은 메이의 등살에 못 이겨 슬슬 떠나려는 기색을 보이자 쉐이퍼가 달려왔다.

"떠나십니까? 저희 교단에 함께 가시지요. 거기서 피로라도 좀 푸시는 것이 어떻습니까."

"미안하군. 우리도 좀 바빠서 말이야. 조만간 따로 들리지. 그리고 클레이는 처리 되었으니… 이 친구 대진에 대한 수배는 풀리는 것인가?"

"아! 예! 제가 책임지고 풀어드리겠습니다. 저희 교단을 도와주신 분들인데 수배라니 가당치도 않지요. 걱정하지 마십시오."

"좋아. 그럼 믿고 가지. 우리가 좀 바빠서 좀 먼저 가보지."

치호는 쉐이퍼와 적당히 인사한 후 빠르게 자리를 벗어났다. 아무래도 신전 녀석들과 엮이면 뭔가 귀찮을 것 같은 예감이 들었기 때문이다.

"메이, 대진! 가자."

치호가 말하자 두 사람은 얼른 치호 곁으로 붙어 이동하기 시작했다. 치호는 개척 거점 시노프로 향하는 발걸음을 옮기면서도 클레이를 처리했을 때 떠오른 메시지를 확인했다. 아무래도 뭔가 장비가 들어왔다는 메시지를 본 것 같은데 아무래도 녀석이 착용했던 물품 중 하나를 획득한 모양이었다.

앞장서서 걸어가는 치호의 뒤로 두 사람이 쫓아오며 걸었다. 그러다 메이가 치호의 뒤로 바짝 붙으며 말했다.

"아저씨, 아저씨!"

"왜?"

"근데 클레이 녀석이 뭔가 떨구고 간 거 없어요? 녀석 정도 수준이면 뭔가 떨구긴 확실히 떨군 거 같은데……."

눈을 반짝이며 말하는 메이에게 치호는 피식 웃으며 말했다.

"안 그래도 확인하는 중이니까 조금만 기다려."

"치호! 녀석의 아이템을 얻은 게 있으면 잘 살펴봐. 혹시 알아? 녀석이 거점에서 힘을 쓸 수 있는 비밀이 숨어 있을지?"

옆에서 둘의 대화를 듣던 대진도 거들며 말을 했다. 아무래도 두 사람 모두 뭔가 기대를 하는 모양이었다. 하지만 치호로서는 지금 뭔가 아이템이 더 있어도 그만, 없어도 그만이라고 생각하고 있었다.

클레이의 싸움에서 전면에 나섰던 녀석이 언급한 것도 있고 치호 자신도 어느새 아이템이나 마력 같은 것에 의존하려는 자신을 발견한 것이다.

그렇기 때문에 가능하면 그런 것에 큰 의미를 두지 않으려 의식적으로 조절하려고 한 것이다.

하지만 새로 획득한 물품은 확인해야 했기에 메시지를 확인하기 시작했다.

'음, 감시자 칭호라……'

치호의 눈앞에는 감시자 칭호가 중복된다는 메시지를 필두로 생각보다 많은 메시지가 떠올라 있었다.

[칭호 감시자가 중복됩니다.]
[에픽 등급 장비를 획득하였습니다.]
[레벨 업!]
[레벨 업!]
[한계 레벨에 도달했습니다. 스스로의 자격을 증명해 주세요.]

클레이 녀석 하나 처리했을 뿐인데 레벨도 두 단계나 오르고 아이템도 에픽 등급을 획득했다.

일반 테스터 하나를 처리했다고 감시자의 칭호까지 얻은걸 보면 그럴 법도 했다.

아마도 이 세계를 조율하는 자들은 클레이를 쥬드처럼 인과율을 흔드는 정도는 아니지만 그래도 위험한 존재로 낙인 찍고 있었던 것 같았다. 이런 칭호를 획득한 것을 보면 말이다.

감시자의 칭호는 기본적으로 획득 조건이 시스템을 피해 테스터들을 기만하는 자를 찾아 처리하는 것이 조건인데 그것이 충족되었다는 것은 클레이를 기만자로 정의하고 있었다는 뜻이다.

그것도 테스트 필드의 시스템을 교묘히 피해가는 의미로.

그렇기에 위험도에 따른 경험치도 많이 주고 아이템까지 넘겨주는 등 생각보다 보상이 꽤 쏠쏠한 것 같았다.

개인적인 원한으로 시작했던 일이 잘 풀려 생각지 못한 아이템까지 얻게 되자 기분이 꽤 괜찮았다.

치호는 메시지에 나와 있는 에픽 등급 아이템이라는 것을 보고 아무래도 녀석이 대진에게 말했던 연계 퀘스트라는 것이 에픽 퀘스트인 것 같았다.

과연 쥬드가 추후 신성에 오를 것이라고 예견했던 녀석답

게 아이템도 범상치 않은 것 같았다.

'그나저나 이런 게 들어오다니… 가만 보면 급이 높은 아이템은 잔류할 가능성이 큰 건가?'

생각해보면 지금껏 인간끼리의 전투에서 얻은 물품은 전부 최소가 매직 등급이었기 때문에 그런 생각을 하게 되었다. 어쩌면 등급이 높을수록 필드에 잔류하려는 경향이 강한 것 같았다.

치호는 생각을 정리하며 남은 메시지를 차분히 읽었고 특별한 점은 더 이상 없는 것 같아 천천히 인벤토리를 열어 아이템을 확인했다.

〈비탄의 조각 - 에픽 등급 장비〉

— 방어력: 888
— 과거 신을 베었다는 타락한 영웅의 하체 방어구입니다. 믿지 못할 이력이 붙어 있으나 그것을 증명할 자료는 남아 있지 않습니다. 다만 신의 피를 머금은 탓인지 혹은 신의 저주인지는 확실치 않지만 사용자의 수명을 끝없이 갉아먹고, 그것을 힘으로 치환합니다.

하지만 종래에는 힘에 중독된 사용자의 정신을 파괴해 피에 미친 살인귀로 만들어 파멸로 이끄는 지독한 마갑입니다. 사용 시 각

별한 주의가 필요합니다.

— 특수 효과: 지구력 +682

— 보조 효과: 속성력을 부여한 신체를 하루 세 번 재구성할 수 있습니다. 해당 사용자의 경우 '한밤의 유령'으로 활성화됩니다.

— 세트 효과:

1. 검에 속성력을 씌워 일정 확률로 상태 이상(공포)을 유발합니다.

2. 착용자의 행사를 방해할 자는 없습니다. 필드에서 스킬 사용이 자유로워집니다.

3. (미개방)

4. (미개방)

— 내구도: 100/100

치호는 획득한 '비탄의 조각'의 아이템 설명은 '파멸의 조각'과 설명이 대동소이했다. 하지만 새롭게 알게 된 사실은 어쩌면 지금 모으고 있는 이 물품들이 영웅이라는 자가 착용했던 물품인 것 같았다.

하지만 여타의 전설 아이템에 언급되었던 영웅이라는 칭호와 달리 에픽 등급 물품에서는 영웅을 타락했다고 표현하는 것이 조금 걸리는 점이었다.

'뭐… 그건 그거고. 보조 효과가… 하! 클레이 녀석이 쓰던

〈파이어 바디〉인가 하는 스킬이 이 아이템에서 비롯된 것이었군.'

속성을 사용해 신체를 재구성한다는 의미는 즉, 녀석이 사용하며 치호의 공격을 피해냈던 그 스킬일 것이다.

치호는 그런 설명을 보고 썩 마음에 드는 눈치였다. 하루 세 번이라는 조건이 마음에 들지 않지만 그래도 아주 쓸 만한 아이템인 것 같았다. 게다가 부족했던 지구력을 극적으로 올려주는 스테이터스 포인트까지 아주 마음에 들었다.

치호의 시선이 제일 마지막 세트 효과로 갔을 때 치호는 이제야 이해했다는 듯이 고개를 끄덕였다.

'역시… 이 아이템이였어. 그런데 난 두 번째 세트 효과인데, 클레이는 첫 번째 효과였던가.'

세트 효과를 보니 클레이가 거점 안에서 스킬을 사용할 수 있던 이유를 알 수 있었다. 아무래도 아이템의 종류에 따라 개방되는 효과의 순서는 바뀔 수 있는 것 같았다.

만약 고정되어 있는 효과였다면 클레이가 2가지 에픽 아이템을 가지고 있었다는 뜻이다.

그렇다면 치호의 생각처럼 높은 등급의 아이템은 필드에 잔류한다고 생각했을 때 클레이가 죽을 때 2가지 아이템을 치호가 얻었어야 할 것이다.

하지만 결과는 그렇지 않았기 때문에 순서가 바뀌는 것이라고 생각하는 게 편할 것 같았다.

치호가 얼추 메시지 확인을 끝내고 주변을 둘러보자 메이와 대진은 잠자코 치호를 기다리는 것 같았다.

"맞아. 대진 네 생각이 맞는 것 같다. 아이템이 들어와 있어."

"정말? 어떤 아이템인데?"

"하체 방어구. 잠시만… 기다려봐 갈아입을 테니."

치호는 재빨리 아이템을 바꾸어 착용했다. 그간 카무플라주 무늬가 들어간 하체 방어구가 마음에 그다지 들지 않았는데 이번 기회에 바꾸게 되니 썩 괜찮은 기분이었다.

"아… 이 방어구. 과연. 내 생각이 맞는 것 같군. 클레이, 이 불쌍한 놈. 에휴."

대진은 치호가 방어구를 갈아입자 그것을 알아보는 듯했다. 대진이 두 번째 필드에서 클레이를 만났을 때부터 착용하고 있었던 방어구였기 때문에 모를 수가 없었다.

"이 아이템에 달린 보조 효과가 필드에서 자유롭게 스킬을 사용할 수 있게 만들어 주더군. 그런데 반동이 좀 세."

"반동?"

치호는 아이템에 붙은 수명에 관련된 이야기는 제외하고 적당히 각색해서 정신을 파괴한다는 의미만 전달했다. 수명 이야기를 하면 귀찮아질게 뻔했기에 피한 것이다.

'그런데… 클레이는 어떻게 수명 문제를 해결한 거지?'

클레이는 쥬드와 달리 급격한 노화가 진행된다거나 하는 것은 없었기 때문에 수명을 착취당하는 문제에 관해 자유로웠던 것 같았다.

'신의 피… 그것밖에 없군.'

가만 생각하니 녀석은 〈신의 피〉를 마셨다는 것밖에 쥬드와 차이점이 없었기 때문에 뭔가 있다면 〈신의 피〉라는 것의 부가 효과인 것 같았다.

'〈신의 피〉라… 나중에 제대로 알아봐야겠어.'

문득 그림자 사제 쉐이퍼가 말한 효과 외에 다른 효과가 있는 것은 아닐까 하는 생각이 들었다.

'어쨌든 지금 그게 중요한 것이 아니지. 그나저나 이제 이 아이템을 착용했으니… 나도 이제 위험인물로 낙인찍히는 건가?'

문득 클레이를 처리하자 감시자의 칭호를 얻은 게 떠올랐다. 만약 그렇다면 이제는 치호 역시 그들에게 위험인물로 낙인찍힐 지도 몰랐다.

하지만 그런 것 따위는 치호에게 중요한 것이 아니었다. 이미 그들과 적대하기로 마음먹었고 그들은 이미 자신을 지켜보고 있을지 몰랐기 때문이다.

치호는 자꾸만 떠오르는 의문을 자제하고 생각을 정리했다. 생각을 계속하다가는 끝이 없을 것만 같았다. 얼른 생각을 비우고 한 손에 들고 있는 〈탐험가의 무늬 대퇴갑〉을 보며 말했다.

"이거 쓸 사람?"

〈탐험가의 무늬 대퇴갑〉은 그래도 매직 등급이기 때문에 그냥 두기엔 아까웠기 때문이다. 하지만 그런 말에 메이기 질색하며 말했다.

"아니 아저씨! 아무리 그래도 그렇지 방금까지 입던 걸 주겠다는 사람이 어딨어요! 아 정말, 아저씨 나 여자예요! 여! 자!"

메이가 질색하며 날뛰자 치호도 약간은 실수했다는 생각이 들었다. 하지만 그 사이 대진이 나서며 말했다.

"치호! 나 줘! 안 그래도 지난 신전에서의 전투 때 하체 방어구가 많이 상해서 걱정했는데… 그거 매직 등급이지?"

"어? 어… 그렇지?"

"그럼 나 줘."

그렇게 말하고 대진이 치호가 사용하던 하체 방어구를 재빨리 채어갔다. 치호가 생각해도 남성용 같이 생겼는데 메이에게 물어본 게 좀 잘못한 것 같았다.

메이도 그런 대진을 보고 전혀 부러운 듯한 눈치가 아니었다. 마치 줘도 안 가졌을 거라는 눈빛이었다.

하지만 대진은 그런 메이의 눈빛에도 불구하고 아랑곳없이 하체 방어구를 착용했다.

"자, 준비가 끝났으면 빨리 가자고. 하하! 득템했구만, 득템했어."

대진은 치호가 착용하던 하체 방어구의 효과와 기능이 마음에 든 것인지 입에서 미소가 떠나지 않는 것 같았다.

조금 전까지 클레이에 대한 생각에 씁쓸해하는 표정이 얼굴에 묻어 있었으나 그나마 지금은 그런 표정은 대진에 얼굴에서 보이지 않았다.

'다행이군. 죄책감 가질 필요 없다. 대진.'

어쩐지 대진은 자신이 두 번째 필드에서 클레이를 포기하고 따로 움직였기에 녀석이 완전히 미쳐 버려 결국 죽음에 이른 게 아닐까 하는 생각을 가지고 있는 것 같았다.

하지만 대진의 쓸데없는 생각이다. 사람이 할 수 있는 영역은 분명 한계가 있기 때문에 그런 것에 휩쓸려서는 이 세계에서 살아남기 힘들 것이다.

아무래도 대진은 이 테스트 필드라는 세계에 아직 덜 물든 것 같았다. 하지만 치호는 오히려 그런 대진의 모습이 좋았다.

치호 자신이 잃어버린 것을 대진에게서 찾는 것처럼 말이다.

얼추 정비가 끝난 세 사람은 빠른 속도로 개척 거점 시노프로 향했다. 아마도 한두 번의 밤만 사막에서 지낸다면 개척 거점 시노프에 도착할 것 같았다.

'후… 그나저나 〈와린〉은 어떤 녀석인 거지? 영웅의 영수(靈 獸)라… 후손이라는 녀석이 정보를 좀 알고 있으면 좋겠는데.'

치호는 막연한 기대를 가지며 시노프를 향해 달렸다. 클레이의 목표가 그곳이었으니 분명 뭔가 알고 있긴 할 테지만 그래도 불안한 건 어쩔 수 없었다.

이 테스트 필드는 무슨 일이 일어나도 이상하지 않은 공간이니 말이다.

제8장
탐색자 올브람

"저기에요! 저기가 바로 개척 거점 시노프에요!"

메이가 나서며 가리키는 곳에는 두 번째 필드에서 원주민들이 자주 이용하던 모양과 비슷한 막사가 넓게 설치되어 있었다.

아무래도 개척을 위한 임시 거점이라는 특성 때문에 견고하게 건물을 올리거나 하는 것 같지는 않았다.

"치호, 어찌어찌 도착했군."

"그래. 가자."

이곳까지 오는 길에 여러 가지 일이 있었지만 결국 이곳에 도착했다. 그리고 클레이 녀석도 처리했으니 너무 서두르지 않아도 될 것 같았다.

"거기 셋! 멈춰."

시노프에 들어가려고 하자 순찰대원으로 보이는 이들이 세 사람을 저지했다. 그때 메이가 나서며 말했다.

"아! 저희는 가장 최근 올리바에 있다가 이쪽으로 넘어왔어요. 적대하지 마세요."

"음? 올리바? 어휴… 요즘엔 올리바 출신들이 왜 이렇게 많이 들어오는 거야? 거기 개박살 났다더니 정말이야?"

"네… 안타깝지만 사실이에요."

"허어… 이제 거점에서도 제대로 쉬지 못하는 건 아닌지 몰라. 이런, 젠장."

"헤헤… 이제는 그런 일 없을 거니 걱정하지 마세요. 그리고 이건… 약소하지만, 더위라도 식히세요."

메이가 능숙하게 순찰대원에게 1골드를 내미는 것 같았다. 메이의 그런 모습이 너무 자연스러운 것이 한두 번 해본 솜씨가 아닌 것 같았다.

"흠흠. 뭐 이런 걸… 아무튼 알았어 들어가. 소란 피우면 알지?

"그럼요! 헤헤. 아저씨, 어서 가요."

메이가 올리바의 문양을 보여주며 순찰대원과 넉살 좋게 이야기했고, 이야기가 잘 풀렸는지 메이가 치호와 대진을 부르며 서둘러 시노프로 입성했다.

"메이, 무슨 돈까지 주고 그래?"

대진은 거점에 들어가기 위해 무슨 뇌물 같은 것을 그런 식으로 주는지 이해가 가지 않았다.

아직 거점에 들어가기 위해서 그렇게 뇌물까지 준 경험은 없었기 때문에 의문이 든 것이다.

"에휴. 아저씨도 아직 멀었네요. 아직 거점 많이 안 돌아 보셨죠?"

"그건… 그렇지. 세 번째 거점에서는 치호와 행동했으니까."

대진의 대답에 메이가 그럴 줄 알았다는 듯이 한숨을 쉬며 차분히 설명하기 시작했다.

"세 번째는요, 두 번째랑은 달라요. 길드가 활성이 돼서 서로 간에 알력이 장난 아니라니까요. 하여튼 사람이 많아지면서 좋은 점도 있긴 하지만… 쓸데없이 서로 기 싸움을 해서 피곤하기도 해요."

치호는 메이의 그 말을 듣자 대충 이해가 되었다. 세 번째 필드는 두 번째 필드와는 달리 점점 길드 간의 세력을 확충하는 단계에 있었기 때문에 각 길드 간에 알력이 보통이 아닌 것 같았다. 그렇기 때문에 입구에서부터 괜한 소란을 피우지 않기 위해 적당히 기름을 친 것이다.

사람 상대를 많이 하는 메이다운 처사였다. 명색이 해결사라 그런지 이런 일에 능숙한 것 같았다.

　"아무튼, 잘했다. 메이, 장인의 후손은 어디 있지?"

　"이쪽으로 오세요. 제가 따로 준비해 둔 휴식처에 있을 거예요. 그 어머니도 거기서 기다릴 테니 아마도 거기에 있을 거예요. 따라와요."

　메이는 치호와 대진을 이끌며 빠르게 이동했다. 메이는 어서 클레디안을 만나 전설의 파편을 모으고 싶은 것 같았다.

　그건 치호도 같은 생각이었기에 군말 없이 빠르게 메이를 따라 이동했다.

＊　　　　＊　　　　＊

　똑똑똑.

　"누구요."

　메이가 노크하자 문 안쪽에서 까칠한 남자의 목소리가 들렸다. 다행히 어디 가지 않고 메이를 기다리고 있었던 것 같았다.

　"저예요. 해결사."

　"저… 정말이오?"

　문을 조금 열어 메이의 얼굴을 확인한 클레디안이 문을 열어 메이를 반겼다.

"살아 있었다니… 정말 다행이오!"

"헤헤. 그럼요! 저 해결사라니까요. 해결사 무시해요?"

"후… 저 때문에 괜한 위험에 처하신 건 아닌가 싶어서… 아무튼 다행입니다. 어서 들어오십시오."

클레디안은 메이를 안내했고, 그런 클레디안에게 메이가 치호와 대진 두 사람을 소개했다. 하지만 메이가 치호를 소개할 때 클레디안은 저도 모르게 나지막하게 중얼거렸다.

"허… 이것 참, 벌써 두 개나……."

"두 개?"

치호가 클레디안에게 묻자 클레디안은 화들짝 놀라며 말했다.

"아… 아무것도 아니오. 반갑소. 난 클레디안이오."

"난 치호, 황치호다. 일단 들어가서 이야기하지."

클레디안은 왠지 치호를 집에 들이기 싫은 듯한 눈치였으나 메이의 일행이기 때문에 어쩔 수 없이 들이는 것 같았다.

"아니! 헤리듐 길드가 괴멸되었단 말이오? 허어… 말도 안 돼. 그 알란이 그렇게 허무하게 죽을 리가……."

메이가 그간 있었던 일을 간략히 설명해 주자 클레디안은 도무지 믿을 수 없다는 듯 말한 것이다. 클레디안의 그런 반응을 이미 예상한 듯했지만 메이는 아쉬운 표정으로 말했다.

"에휴. 클레디안, 아쉽게도 그 생각이 맞아요. 알란은 죽지 않았어요."

"헤리듐이 괴멸되었는데 어찌……."

"알란은 그 전에 다음 필드로 넘어간 것 같아요. 으… 그 녀석의 꼬리를 겨우 잡았는데… 쳇. 뭐 어디서 쉽게 죽을 녀석은 아니니 제가 살아 있다면 어딘가에선 만나겠죠."

"하긴 알란이 있었다면 헤리듐이 그렇게 쉽게 당할 리가 없지."

두 사람은 알란에 대해 이야기하다가 메이가 천천히 이야기를 꺼냈다.

"그건 그렇고 저… 장인 벨리안에 대해하나 궁금한 게 있는데 물어도 될까요?"

"나의 조상님이라… 별 중요한 것도 아니니 내가 아는 것이라면 말해드리겠소. 날 구해준 사람에게 무슨 말을 못하겠소."

"고마워요. 실은 제가 장인 벨리안을 조사하다가 좀 의문이 든 게 있어서요. 아무리 생각해도 이해가 되지 않아서요."

메이는 잠시 머뭇거리는 듯하더니 생각을 정리하고 조심스레 클레디안에게 물었다.

"장인 벨리안이 타락 영웅 세크의 장비를 만든 건가요?"

메이가 그 말을 묻자 클레디안의 표정이 일순 변하며 집안의 분위기는 착 가라앉는 듯 무거운 공기가 내려앉았다.

'호오, 메이가 영웅 세크에 대해 알고 있어? 게다가 그냥 영웅으로 알고 있는 게 아니고 타락 영웅이라… 재미있군.'

치호는 메이의 의외의 물음에 흥미롭다는 듯 두 사람을 지켜봤다.

영웅에 대해 치호도 궁금했기 때문이다. 어떤 곳에서는 영웅이라 하고 어떤 곳에서는 타락 영웅이라 불리는 세크의 행보가 재미있었기 때문이다.

거기다 치호가 착용하고 있는 〈광기의 야차 귀면갑〉에 서술되어 있는 게 사실이라면 벨리안의 상태는 광기로 물든 상태였을 텐데 영웅과 만나 무엇을 했는지 궁금해지기 시작했다.

세 사람의 이야기를 듣던 대진도 분위기가 변하며 상황이 묘하게 돌아가는 듯하자 재미있다는 듯 메이와 클레디안의 대화에 집중하기 시작했다. 호기심이 동한 것이다. 영웅이라는 단어에.

클레디안은 잠시 고민하는 듯하더니 한숨을 깊게 내쉬며 이야기하기 시작했다.

"맞소. 나의 선조께서는 직접 영웅의 장비를 만드셨소. 그것도 최후의 작품으로… 영웅 세크의 장비를 모두 완성하시고

탈진하듯 쓰러지셔서 영원히 깨어나지 못하셨다고 들었으니까."

메이는 클레디안의 말을 듣다가 도저히 이해되지 않는다는 듯 말했다.

"어째서죠? 도저히 이해가 가지 않아요. 제가 조사한 바로는 그 시기에 세크는 이미 타락 영웅이라는 불명예를 얻었는데… 어째서 장인 벨리안이 장비를 제공한 거죠? 기록에 의하면 벨리안은 자격이 되지 않는 사람에게는 절대 장비를 만들어주지 않았을 텐데요."

"자격이라……."

메이의 물음에 클레디안은 뭔가 씁쓸한 표정을 짓다가 어디선가 술 한 병을 꺼내와 따라 마시며 말했다.

"당시에 영웅 세크의 자격은 충분했소. 아니, 차고 넘쳤지."

"그게 무슨… 당시 세크는 이미 많은 이들을 배신하고 수많은 이들에게 절망을 안겨준 타락 영웅이었다구요! 혹자는 절망의 시작이라 칭하는 사람까지 있는데 자격이 충분하다니… 납득하기가 힘든데요."

"그렇지… 나 또한 그랬으니까. 하지만 당시의 나의 선조 벨리안께서는 그렇게 생각하지 않으셨소."

클레디안은 술을 한잔 더 따라 마시며 말했다.

"진실, 세상의 진실에 대하 얼마나 알고 있소?"

"갑자기 진실은 무슨 진실이요?"

치호는 클레디안의 입에서 진실이라는 단어가 나오자 관심이 쏠렸다.

클레디안에게 세상의 진실이란 소리가 나올 줄은 몰랐기 때문에 두 사람 사이의 대화에 좀 더 집중하며 이야기를 듣기 시작했다.

"당시 나의 선조께서는 필드의 지배자에게 사랑하는 이를 잃으셨소."

"네. 그건 저도 기록을 통해 알고 있어요. 그 때문에 당시 장인 벨리안이 광기에 가득 차 있었다는 것도요."

"맞소. 하지만 그 광기는 나의 선조에게 큰 문제가 아니었소. 그 정도 광기를 제압하지 못했다면 지금까지 칭송되는 장인으로 불릴 수 없으셨겠지."

"그… 그랬나요?"

클레디안의 말을 들어보니 장인 벨리안은 스스로 광기를 몰아내고 정신을 차린 것 같았다. 하지만 그 후가 문제였다.

"정신을 차린 나의 선조는 이 세계의 근본적인 아니, 이곳 자체에 환멸을 느끼셨지. 지배자가 사람들의 목숨을 앗아가고 괴물들이 난립하는 이 세계, 그 세계 자체에 대한 의문을 가지셨다더군. 그 후 세계의 진실에 대해서 파고들기 시작했다고 들었소."

"세계의 진실이요? 뭐 그런… 허무맹랑한 소리가 다 있어
요?"

"그렇지… 그게 보통이지. 하지만 문제는 선조께서 무엇인
가를 찾으셨던 모양이오. 그 후 영웅의 행보를 주의 깊게 보
시더니 직접 찾아가 영웅에게 장비를 남기셨으니까."

"네? 그냥 만들어준 것도 아니고 직접 찾아가기까지 했다구
요?"

메이의 반응에 클레디안은 그런 반응이 나올 줄 알았다는
듯 쓴웃음을 지으며 말했다.

"그렇소. 그게 내가 알고 있는 전부지. 사실 나 역시 어째서
영웅에게 찾아갔는지, 무엇을 발견했는지 알지 못하오."

클레디안의 말이 끝나자 메이는 실망한 듯 축 처진 어깨로
말했다.

"에휴… 또 막다른 길이네요. 당신이라면 벨리안에 대해
많은 걸 알고 있을 거라고 생각했는데, 허탕이네요. 그의 후
손도 모르고 있는 거라면 또 어디서 조각을 찾아봐야 할
지……."

메이는 클레디안에게 기대했던 정보를 얻지 못했지만 그나
마 몇 가지 정보를 얻을 수 있는 것에 만족하는 듯했다.

하지만 어디서부터 다시 시작해야 할지 난감해하는 듯했
다.

그때 그 둘의 대화를 잠자코 지켜보던 치호가 클레디안에게 물었다.

"혹 벨리안이 올브람이란 자와 접촉한 적이 있나?"

치호가 올브람과 벨리안에 관해서 묻자 클레디안의 표정에 다소 난감한 듯한 표정이 떠올랐다.

"으흠… 올브람… 올브람이라……."

클레디안은 치호의 말에 무언가 골똘히 생각하는 듯했다. 그러더니 잠시 후 아쉽다는 듯 이야기하기 시작했다.

"올브람이라… 정확하게 기억이 나질 않는군."

뭔가 생각이 날 듯 말 듯 하는 것인지 인상을 찡그렸다 폈다 하는 클레디안이 거짓말을 하는 것 같지는 않아 보였다.

"아니, 그저 나도 혹시나 해서 물어본 것뿐이니 신경 쓸 필요 없다. 그냥 시기가 혹시 겹치진 않을까 해서 물어본 것이니까."

치호는 벨리안이 광기에서 빠져나와 이 세계에 대한 의문을 가질 때 혹시 무슨 계기가 있지 않았을까 해서 물어본 것인데 딱히 관련이 없는 것 같았다.

하지만 그때 2층에서 한 노파가 금방이라도 쓰러질 것 같은 몸을 이끌고 천천히 계단을 내려오며 치호에게 힘겹게 말을 꺼냈다

"콜록, 콜록. 오… 올브람이라고 하셨나요?"

"어… 어머니! 대체 왜 나오셨어요. 몸도 성하지 않으시면
서……."

그 노파는 아마도 클레디안의 어머니인 것 같았다. 일전에
메이가 말했던 것처럼 몸 상태가 좋아 보이지는 않는 것이 위
태로워 보였다.

한 눈에 보기에도 위태로워 보이는 몸을 가진 그녀는 올브
람이라는 이름에 한 걸음, 한 걸음이 힘들어도 참고 내려온
것 같았다.

클레디안은 그런 자신의 어머니를 부축하며 다시 방으로
안내하려 했지만 노파는 클레디안에게 고개를 가로저으며 치
호 앞에 앉았다.

"콜록, 저는 클레디안의 어미인 세이카입니다. 콜록, 콜록.
올브람… 그 이름을 알고 있다니, 혹 탐색자이신 겁니까?"

치호 앞에 앉은 세이카는 금방이라도 쓰러질 것 같았지만,
치호를 향한 눈빛만은 전혀 그렇지 않았다.

치호 역시 그런 세이카의 입에서 자신의 직업인 탐색자라
는 말이 나오자 흥미를 가지고 대답했다.

"탐색자라… 재미있군. 어떻게 안 거지?"

"그분도 탐색자라고 들었기 때문입니다. 정말… 정말이었군
요. 언젠가 또 다른 탐색자가 찾을 것이라는 그분의 말씀이."

세이카는 뭔가 아는 듯한 눈치였기 때문에 치호는 잠자코 세이카가 다음 말을 하기를 기다렸다.

"저도 저희 부모님께 들은 말입니다. 저희 부모님은 당신의 부모님께 들은 이야기이지요. 확실하지는 않지만 분명⋯ 올브람, 그 이름은 확실합니다."

"그럼 올브람이 벨리안과 만난 것인가?"

혹시나 하고 던져본 것이었는데 생각지도 못한 단서가 나올 것 같아 치호는 기대했지만 세이카는 고개를 가로저으며 말했다.

"아니요, 올브람 님은 저희 선조를 만난 적이 없습니다. 시대가 달랐기 때문이죠."

"그럼?"

"올브람 님이 저희를 찾아오신 건 몇 대가 지나고 난 후였습니다. 영웅이 타락하고, '전설의 시대'가 끝나고 난 후 진실을 찾아 왔다면서요."

세이카의 입에서 치호가 모르는 내용의 말이 나오자 의문이 들어 물었다.

"전설의 시대? 그건 무슨 의미지?"

"탐색자⋯ 치호 님이시라고 했던가요? 혹 궁금하지 않으셨습니까? 어째서 전설의 배경이 비슷한 시대였던 것인지. 그리고 어째서 그때는 슬픈 일이 그렇게도 많았던 것인지요."

세이카의 말에 치호 역시 한 번쯤 생각해 본 의문이었기에 그 말에 수긍하며 말했다.

"그래, 그런 생각을 해본 적이 있지. 특히 전설을 따라가다 보면 그것들이 모두 얽혀 있는 경우가 많아. 전설이 전설이 아니더란 말이지."

그 말에 세이카는 희미하게 미소 지으며 말을 잇기 시작했다.

"콜록, 콜록. 네, 맞습니다. 이 테스트 필드가 찬란하게 빛나던 시절. 그 어느 때보다 강성했던 시절입니다. 사실 저희도 몰랐던 사실들입니다만 그분, 올브람. 그분이 이야기해 주신 것이지요."

"올브람은 벨리안이 활동하던 시대의 사람은 아니었던 모양이군."

"네. 그분이 찾아온 것은 한참… 콜록, 한참 후의 일이었습니다. 저희조차도 잊을 만큼 기억이 희미해질 때쯤 찾아오신 거지요. 진실을 찾아왔다면서요."

치호가 찾아봤던 기록에서 언급한 대로 올브람은 스스로 진실을 찾아 여러 곳을 헤매며 진실의 조각을 모았던 것 같았다. 그 와중에 아마도 이 벨리안의 집안을 찾은 적이 있던 것 같았다.

"당시 그분이 저희에게 알려주신 것은 다소 충격적인 내용

이었습니다. 그때까지만 해도 저희는 필드의 지배자 '와린'이
저희의 복수의 대상인 줄 알고 있었으니까요."

"음? 내가 가진 벨리안의 무구에 언급되어 있는 내용과는
다른데? 그게 무슨 뜻이지?"

"후… 어디서부터 이야기해 드려야 할지. 콜록, '와린'은 오히
려 저희를 보호하고 있었습니다. 신살의 무구를 만든 저희의
가문을요."

"신살의 무구?"

"네. 영웅 세크, 지금은 타락 영웅이라고 불리기도 하지요.
그분은 신을 베었습니다. 저희가 만든 무구를 이용해서요."

치호는 문득 자신이 허리에 차고 있는 '파멸의 조각'을 한번
보고서는 다시금 세이카를 바라보았다. 그러자 세이카는 희미
하게 고개를 끄덕였다.

"신을 벤 무구를 만든 자… 그런 가문이… 콜록. 어떻게 아
직까지 그 명맥을 이어올 수 있었을까요."

"그게 '와린' 덕분이다 이건가?"

"예. '와린'은 영웅 세크의 영수(靈獸)이자 영원의 맹약을 맺
은 존재. 그런 분이 한낱 필드의 지배자 따위를 할 이유가 없
는 분이죠. 이 필드에 저희가 있기 때문에 억지로 그 자리를
유지하고 계신 겁니다."

"필드의 지배자… 와린이라."

"필드의 지배자로서 테스터 필드를 만든 자들의 영향력을 최대 줄이고 계신 거죠. 하지만……."

세이카는 잠시 머뭇거리는 듯하더니 천천히 다시 이야기하기 시작했다.

"최근 '와린' 님의 상태가 심상치 않습니다. 필드의 감시하는 자들의 눈이 모두 이곳으로 쏠리고 있어요. 그 때문에 버거워하시는 것 같습니다. 한데… 오늘 그 이유를 알 것 같군요."

그렇게 말하며 세이카는 희미하게 웃음을 지었다. 치호는 그 웃음의 의미를 도통 이해할 수 없었지만 세이카는 그런 치호의 반응과는 무관하게 말을 이어갔다.

"어쩌면 이 슬픔의 고리를 끊을 시간이 찾아온 것일 지도… 탐색자 치호 님이여. 콜록, 콜록… 와린을 찾아가세요. 그분은 저보다 많은 걸 알고 계십니다. 그분에게 진실의 편린을 들어야 합니다."

치호는 세이카의 입에서 에픽 퀘스트의 내용과 비슷한 말이 나오자 '와린'의 대한 존재가 더욱 궁금해지기 시작했다. 아무래도 '와린'이라는 녀석을 꼭 만나야 할 것 같았다.

영수(靈獸)라는 게 궁금하기도 하고 어쩌면 자신을 이곳으로 불러들인 녀석들의 꼬리를 잡을 수도 있겠다는 확신이 들었다.

"어머니. 이제 들어가서 좀 쉬세요. 몸도 안 좋으신 분이……."

"클레디안… 콜록. 어쩌면… 어쩌면… 우리에게 남겨진 마지막 기회일지도 모르겠구나."

세이카는 클레디안에게 뭔가 알 수 없는 소리를 한 후 조용히 방으로 들어갔다.

치호와 세이카의 이야기를 듣던 메이와 대진은 혼란스러운 것 같았다. 영웅, 필드의 지배자 와린, 그리고 벨리안, 올브람까지.

메이의 경우에는 자신이 알고 있는 단서들과 지금 알게 된 새로운 사실을 짜 맞추는데 여념이 없는 것 같았고, 대진은 갑작스레 많은 이야기가 나오자 호기심이 차올라 입이 근질근질한 것 같았다. 하지만 지금의 이 무거운 분위기에 눌려 입을 놀리지 못하는 듯한 느낌이었다.

아무래도 대진의 표정을 보니 나중에 한번 간단히 설명이라도 해주어야 할 것 같았다.

그 사이 세이카를 방에 눕히고 다시 돌아온 클레디안이 다시 자리에 앉으며 말했다.

"그랬던 거군. 그래서 나를 급하게 부르신 거였어. 그런 것도 모르고 난 헤리듐 길드에서 그렇게 시간이나 보내고 있었다니… 제길."

클레디안은 자책하듯 술을 잔에 따르지도 않고 벌컥벌컥 마시기 시작했다. 자책이라도 하듯 말이다.

치호는 클레디안이 취하기 전에 '와린'에 관해 물어보기로 했다.

아무래도 '와린'은 반드시 찾아가 봐야 할 것 같았기 때문이다.

"그래서, 지금 와린은 어디에 있지?"

"후… 와린, 그분은 동쪽의 불의 땅에 있소. 그분… 찾아갈 것이오?"

"그래. 너희 어머니도 그렇게 말하는데 안 찾아갈 도리가 없지."

치호의 말을 듣고 잠시 생각하는 것 같더니 말했다.

"그곳, 불의 땅에는 당신들이 가진 장비로는 발도 못 붙일 거요."

"그게 무슨 뜻이지?"

"불의 땅이 괜히 불의 땅이겠소? 그 불의 땅에서는 들어가자마자 장비들이 열기에 모두 녹아버릴 거란 뜻이오. 〈상티의 항상〉도 그곳에서는 제대로 효과를 볼 수 없소."

장비가 녹아버린다는 말에 치호는 다소 황당했다. 그럼 어떻게 '와린'을 만나러 가야 하는지 의문이 들었기 때문이다.

그때 클레디안이 치호의 걱정을 날려주는 말을 하기 시작했다.

"원래라면 모두 녹을 것이지만 내가 당신들 장비를 손봐주지. 그러면 '와린' 님의 열기는 버틸 수 있을 것이오."

"방법이 있는 건가?"

"그렇소. 장비 자체를 특수하게 코팅을 해야 하오. 뭐… 당신이 가진 장비 두 개는 그럴 필요가 없겠지만 나머지는 해야 할 거요."

그렇게 말하고 클레디안은 남은 술을 모조리 입에 털어 넣고 일행을 지하로 안내했다.

클레디안이 데려간 지하에는 작은 용광로까지 갖추어진 대장간이 마련되어 있었다.

그 모습을 보자 메이는 어처구니없다는 듯이 말했다.

"와… 클레디안. 언제 이런 걸 다 준비했대요? 난 이런 거 준비한 적 없는데……."

"배운 게 도둑질이라고, 평생 손에 익은 일을 안 하고 쉬려니 도무지 쉴 수가 없어서 말이오. 조금씩 들여놓고 소일거리라도 한다는 게… 미안하오. 집을 망가뜨려서."

"아니에요. 멋진걸요. 헤헤. 그리고 저희 장비를 봐주신다니… 이거 영광인데요?"

그렇게 말하는 메이는 클레디안의 마음이 변할까 봐 얼른 장비를 벗어 클레디안의 앞에 가지런히 쌓아 두었다.

반면 대진은 클레디안이나 장인 벨리안에 대해 잘 모르기 때문에 장비를 벗기가 꺼림칙해하는 것 같았다. 아무래도 처음 보는 이에게 자신의 목숨과도 같은 장비를 선뜻 맡긴다는 게 여간 불안한 것 같았다.

"대진 아저씨! 어서요."

"응? 아… 알았어. 그런데 확실한 거겠지?"

"에휴, 지금까지 아저씨가 만난 그 누구보다 뛰어날 거니까 걱정 마세요. 괜히 헤리듐 길드에서 클레디안을 가둬뒀겠어요? 아무튼 빨리 벗어요!"

메이는 뭉그적거리는 대진의 장비를 직접 벗기려 했고 대진은 쑥스러운 듯 화들짝 놀라며 외쳤다.

"알았어! 알았다고! 다 큰 처녀가 이게 무슨 짓이야, 내가 벗을 테니 나가 있어. 끙, 하여튼 부끄러운 줄 몰라요."

"아니 부끄럽긴 뭐가 부끄러워요. 다 안에 셔츠랑 속옷 입고 있는데. 하여튼 꼭 저런 사람 있… 설마?"

"험험. 더운데 뭐… 그런 걸 꼭 입어야 하는 건 아니잖아? 험험."

"으… 더럽게 뭔 짓이에요! 하여튼 아휴! 아무튼 난 올라가 있을게요."

"으잉? 저년이! 더럽긴 뭐가 더러워! 그럴 수도 있지!"

"아, 몰라요. 안 들려요. 베베베."

메이와 대진은 여전히 티격태격하는 것 같았다. 그런 두 사람을 잠시 보던 치호는 주변을 둘러보고서는 클레디안에게 말했다.

"클레디안, 이 대장간… 좀 빌려도 되겠나?"

클레디안은 그런 치호의 말에 손사래를 치며 말했다.

"대장간? 어이구. 그 정도까지는 아니오. 그래도 급히 준비했는데 대장간 느낌은 그래도 좀 나는 모양이오? 허허."

클레디안은 잘 웃지 않는 인물 같았으나 자신이 준비한 작업장을 대장간이라고 말하자 기분이 좋은 듯 웃음 지었다. 아무래도 자신의 일과 관련된 일이 나오니 활력이 좀 돋는 것 같았다.

"괜찮겠나?"

"뭐… 쓰시오. 어차피 나도 작업을 해야 할 터인데 겸사겸사 도와주면 나도 편하지."

클레디안에게서 허락의 말이 떨어지자 치호도 착용한 아이템을 하나씩 풀어 정리하기 시작했다.

"후… 좋아. 한번 해보자고."

치호는 이번 기회에 경험치 변환 항목의 변환율을 좀 올려놓을 생각이었다. 필드에서 그나마 이 정도 시설이 갖추어진 곳은 주 거점 밖에 없었는데 생각지 못하게 경험스킬의 변환율을 올릴 기회가 찾아온 것이다. 이번 스킬은 전투로는 스킬 변환이 잘 이루어지지 않았기 때문에 이번 기회를 놓치면 또 한참을 기다려야 할지도 몰랐기 때문에 이번 기회를 잡은 것이다.

"메이, 치호는 왜 안 올라오는지 봤어?"

"잠깐 내려가서 봤는데 클레디안을 도와서 장비를 손보는 모양이에요. 아주 웃옷까지 벗고 본격적으로 일하던데요?"

"응? 치호는 대체 지구에서 뭘 하던 친구기에 저러는 거야? 어지간한 건 다 할 줄 아는군. 참… 나도 열심히 살았다고 생각했는데 저 친구에 비하면 헛살았어."

대진은 어쩐지 경험이 많은 치호를 보고 혀를 내둘렀다. 사실 대진의 경우에 억울할 수도 있는 것이, 지금까지 동행했던 이들이 모두 괴물같은 이들이었기에 스스로 주눅이 든 것 같았다.

더군다나 평범해 보이는 저 메이조차도 '영광의 기록서'에 이름을 등재한 인물이다. 그러다 보니 대진은 스스로 주눅이 들 수밖에 없었다.

"으… 내가 바보 같은 거야, 이놈들이 이상한 거야. 분명 첫 번째 필드까지만 해도 난 센 거 같았는데… 두 번째 필드서부터 무슨 괴물 같은 놈들만 모였나."

대진의 중얼거림을 듣던 메이가 옆으로 다가와 말했다.

"아저씨! 아가씨 보고 괴물이라뇨. 해도 너무하시네."

"응? 이 계집애가! 아니지 가만 보면 너도 참… 그런데 너는 어쩌다 치호와 만나게 된 거야?"

대진이 문득 메이와 치호와의 관계가 궁금해서 사연을 물었다. 지금까지는 치호와 함께 다녔기 때문에 딱히 물을 처지도 아니었고 바쁘게 움직이는 바람에 한가롭게 어떻게 만났는지나 물어볼 여유는 없었기 때문에 조금 여유로울 때 물어두려는 것이었다.

그 말에 메이는 천천히 이야기를 해주었다. 물론 키테그람에 대한 이야기는 빼고 이야기해 주었지만 말이다.

"흐음… 그랬군. 내가 첫 번째 필드에서 빈둥거릴 때 치호는 그런 일을 겪었다는 말이군. 휴… 치호 저 녀석도 팔자가 억세구만. 제길."

"그런데 아저씨는 이제 교단에서 수배도 풀렸는데 같이 다니지 않아도 되잖아요? 아저씨랑 사냥 다녔으면 이미 한계 레벨 정도는 도달하셨을 테고… 그런데 굳이?"

메이의 물음에 대진이 쓴웃음을 지으며 고민하는 표정을

짓더니 말했다.

"뭐… 비밀도 아니긴 하지만, 내 스킬은 호기심을 채울수록 경험치도 빨리 오르고 더 강해지지. 그런데 말이야… 그게 치호랑 다니면 그게 엄청나게 많이 오른다니까?"

"에? 뭐 그런 스킬이 다 있어요. 완전 사기 아니에요?"

메이의 물음에 대진이 억울하다는 듯이 말했다.

"사기는 너희들이 사기지! 맨몸으로 그렇게 강해진다는 게 말이나 되는 일이야? 이 사기꾼 같은 놈들. 난 겨우 이런 스킬이라도 있어서 꾸역꾸역 너희들을 따라다닐 수 있는 거지… 에휴, 말해 무얼해."

"헤헤. 뭐 그렇다는 거죠. 노력만이 살길이라 이거예요. 근데 저도 이 세계에서 산 시간은… 헤헤, 그렇잖아요?"

"으… 그건 또 그렇긴 하지, 흠흠. 아무튼 뭐 그런 이유도 있고… 사실 말이야. 이런 이야기는 치호한테는 비밀인데 말이야."

대진은 주변을 살펴보더니 조용히 메이에게 말했다.

"실은 치호하고 몇 번 생사를 넘다 보니 말이야… 흠… 은근 나도 모르게 짜릿하더라구. 뭐 치호가 걱정되기도 하고 말이야. 같은 나라 사람인데 서로 돕고 살아야지. 나 없으면 얼마나 치호게 힘들겠어, 안 그래? 하하하하."

"퍽이나 힘들겠네요. 에휴. 그런데 어디 가려구요?"

대진은 그렇게 말하고는 주섬주섬 밖을 나가려는 듯 채비를 하자 메이가 의문이 들어말했다.

"아까도 말했듯이 말이야… 이놈에 호기심이 가만두질 않아서, 하하. 어차피 장비가 완성되기까지 시간도 오래 걸릴 것 같은데 마을이나 좀 둘러보려고. 뭐 재미있는 정보라도 있으면 좀 물어오고 말이야."

"옛! 같이 가요! 혼자 심심하단 말이에요!"

메에와 대진은 조용히 문을 열고 개척 거점 시노프를 둘러보기 시작했다. 티격태격해도 그간 함께 겪은 일이 있기 때문인지 함께 행동하는 두 사람이었다.

*　　　　*　　　　*

"휘유. 자네 망치 한두 번 잡은 솜씨가 아닌데? 보통이 아니야."

클레디안이 치호가 자신을 돕자 일이 한결 수월해지는 것을 느꼈다. 자신이 생각하는 동선으로 미리 가서 준비하고 있는 치호의 움직임은 작업에 대한 전반적인 이해가 없이는 나올 수 없는 것이었기 때문에 클레디안은 단번에 치호가 대장일에 관해 경험이 많다는 것을 단번에 알 수 있었다.

"하긴 이 정도나 되니 작업실을 빌려달라고 했겠지."

클레디안은 중얼거리면서 치호를 칭찬했지만 치호는 그런 것은 신경도 쓰지 않는다는 듯이 무심히 일을 해 나갈 뿐이었다.

표정조차 드러나지 않는 치호의 작업하는 모습을 보자면 한편으로는 마치 기계처럼 보이기도 했다.

그런 치호의 모습을 본 클레디안은 작업을 하다말고 치호에게 말을 걸었다. 망설이다가 말을 꺼낼 듯하면서도 주저하는 듯했으나 작업장에 둘밖에 없어 힘겹게 말을 꺼낸 듯 보였다.

"흠흠. 이보시오. 치호라고 했소?"

"그래. 뭐 필요한 게 있나?"

클레디안이 작업을 멈추고 치호에게 묻자 치호는 작업에 필요한 무언가가 부족한 줄 알고 물었으나 그런 것은 아닌 것 같았다.

"후… 그 무구들 말이오. 괜찮은 것이오?"

클레디안이 자신의 에픽 무구들을 가리키며 밑도 끝도 없이 괜찮냐고 물었다. 치호의 무구를 모르는 사람이었다면 그런 물음의 의도를 몰라 황당해했을 것이지만 치호는 클레디안의 물음에 대한 의미를 알 것만 같았다.

일순 두 사람 사이에 가라 내려앉은 무거운 공기가 사이로 용광로의 불길만 활활 타오르고 있었다.

치호는 그런 클레디안의 물음에 잠시 생각하는 것 같더니 천천히 대답을 해 주었다.

"뭐… 쓸 만해. 아직까지 다루는 데는 문제가 없더군."

"그 무구들의 페널티는… 감수하고 있는 것이오?"

"목숨값 말인가?"

치호의 별것 아니라는 듯한 퉁명스런 대답에 오히려 클레디안이 당황스러운 듯했다.

"그… 그렇소. 그 페널티 보통이 아닐 텐데… 그걸 감수하고 그 무구들을 들고 다니는 것이오? 그것도 둘씩이나?"

"뭐 필요하다면 써야 하겠지. 아끼다가 목숨을 내어주는 것보다는 낫지 않겠나?"

"정신은… 흠흠. 곤란하다면 말하지 않아도 되오."

벨리안이 조심스럽게 치호의 정신에 대해서 물었다. 아무래도 생각보다 이 무구들에 대한 페널티를 상세하게 알고 있는 듯싶었기에 치호도 부담 없이 이야기 해 주었다.

"뭐 아직까지는 이상이 없군. 워낙 그런 경우를 많이 당해 봐서 이골이 났는지도 모르겠군."

치호의 경우 이미 정신적인 부분에 있어서는 그 누구도 침범하지 못할 튼튼한 벽을 쌓고 있다.

아니 그 반대다. 오히려 치호의 세계 안에서 누구도 밖으로 나가지 못하도록 스스로 벽을 쌓고 가두고 있었기에 아무리 무구의 페널티가 치호의 정신을 침범하려고 해도 하질 못하는 것이다.

스스로 만든 완벽한 감옥, 아니 철의 벽을 무구의 저주조차도 쉽사리 뚫지 못하는 것이다.

치호는 씁쓸히 웃으며 말했지만 그런 사정을 모르는 클레디안은 얼굴을 구기며 말했다.

"제길, 그 저주가 사실이었던 모양이군… 나의 선조 벨리안 님이 지금 이 무구들을 보면 통곡을 하시겠군. 당신께서 만든 최후의 역작이 이런 빌어먹을 저주에 씌인 것을 보면 말이오."

치호는 클레디안의 말에 이제 좀 이해가 된다는 듯 고개를 끄덕였다.

처음 클레디안을 마주쳤을 때부터 클레디안은 이 무구 눈치채더니 과연 추측대로 이 에픽 무구들은 벨리안이 영웅에게 최후의 결전을 위해 만든 역작이었던 것이다.

그래서 클레디안이 자신의 집에 치호를 들이기를 꺼린 것 같았다. 분명 자신이 알고 있는 대로라면 지금 이 무구를 착용하고 있는 자들의 정신은 온전하다고 장담할 수 없었을 테니 말이다.

"그럼 이것들이 확실히 영웅의 무구들이란 뜻인가?"

"뭐, 이제 와 숨긴들 무엇하오. 맞소. 그 무구는 영웅이 신의 앞에 서기 전 나의 선조 벨리안 님이 영웅을 위해 제작한 무구들이지."

"호오. 그래?"

클레디안이 무구에 대해 뭔가 아는 눈치를 보이자 평소에 궁금하던 것을 물었다.

"흠… 이 무구에 관해서 좀 아는 모양이군. 좀 이해가 되질 않아서 말이야. 지금처럼 필드 간의 왕래가 없었다면 어떻게… 영웅이 탄생할 수가 있지? 분절된 세계라면 사람들의 지지를 받을 수도 없고 명성 또한 한계가 있을 텐데 말이야."

"험험. 그건 와린 님에게 물어보시오. 그리고… 그런 소리는 가급적이면……."

클레디안은 치호의 물음에 대답하는 대신 손가락으로 하늘을 찌르며 말했다. 마치 도청이라도 당하고 있다는 듯이 말이다.

그런 클레디안을 보며 괜한 걱정을 다 하는 것 같았지만 불안해하는 사람을 굳이 자극할 것은 없었기에 다른 것을 물었다.

"흠. 그래? 그럼… 혹 이 무구들에 대한 정보를 좀 알고 있나?"

"정보? 어떤 걸 말하는 것이오. 내가 알고 있는 것이라면 말해 드리겠소."

"이 무구들 말이야. 도합 4가지로 이루어진 게 맞나?"

클레디안은 가만히 생각하는 듯하더니 말했다.

"검, 갑옷, 하체 방어구, 신발. 이렇게 4종류가 한 세트를 이루고 있다고 들었소. 뭐 워낙 오래된 일이긴 하지만 맞을 것이오."

"흠… 그렇군. 그럼 혹시 다른 파트들의 행방을 알고 있나?"

"나머지 파트들 말이오? 흐음, 글쎄… 당신이 오기 전에 세번째 필드를 뒤집어 놓은 여자가 하나 있는데 말이야. 그 사람이 아닐까 싶은데 나도 정확히는 모르겠소. 이름이… 투 페이스라고 했던가?"

"투 페이스?"

치호는 문득 어디선가 들어본 듯한 이름에 고개를 갸웃거렸다.

'투 페이스… 투 페이스라… 미소?'

쥬드가 예전에 신성 어쩌고 하면서 잠시 언급했던 바로 그이름이 클레디안의 입에서 나온 것이다.

클레이는 치호의 손에 정리당해 아직 '발화광'이라는 이름으로 알려지진 않았지만, 미소는 이곳에서 '투 페이스'라는 이름을 얻은 듯 미소라는 이름보다 '투 페이스'로 불리는 것 같았다.

'미소… 투 페이스라.'

치호가 그 이름을 곱씹을 때 클레디안이 조심스럽게 물었다.

"표정을 보니… 그 여자와 아는 사이인 것이오?"

"흠… 조금. 첫 번째 필드에서 잠시 같이 활동한 적이 있지."

"첫 번째 필드라… 그 이후에 소식 들은 건 없고?"

"딱히……."

치호의 말에 클레디안은 그럴 줄 알았다는 듯 고개를 흔들며 말했다.

"이런 말이 어떻게 들릴지 모르겠지만 말이오. 혹여라도 그 여자, 옛날처럼 생각하고 다가가다간 큰코다칠 수가 있으니 조심하시오."

"무슨 뜻이지?"

"나도 소문으로 들어서 정확하진 않지만 일단 알고 있는 거라도 말해 드리자면… 아마 그 여자 무구에 완전히 먹힌 것 같다는 뜻이지."

클레디안이 천천히 미소에 관해 이야기하기 시작했다. 간단히 정리하자면 미소가 세 번째 필드에 들어와 길드에 가입했는데 그 길드에서 마찰이 있었다.

결국 길드는 미소를 죽이려 했지만 미소는 홀로 길드를 상대로 게릴라전을 펼쳐가며 길드원들을 모조리 죽이고 홀로 살아남았다는 것이다.

문제는 도망친 길드원들도 추적해 모조리 죽이고 그와 관계된 이들까지 처리했기 때문에 그런 악명이 붙은 듯했다.

'예전의 나와 비슷하군… 미소. 그래서 내가 경고했을 텐데…쯧.'

분명 치호가 미소에게 경고를 했으나 그것은 별로 의미가 없었던 것 같았다. 어쩌면 클레디안의 말처럼 미소가 무구 중 하나를 가지고 있다면 정말 무구에게 먹혀버렸을 가능성이 컸다.

'네 번째 필드라… 후. 기회가 되면 한번 찾아가 봐야겠군.'

무구에 대한 단서도 찾을 겸 미소의 상태도 체크해야 하기 때문에라도 한 번쯤은 그녀를 찾아가 봐야 할 것 같았다.

*   *   *

"치호 아저씨, 아직 멀었어요? 네?"

"뭐가?"

"장비들이요. 벌써 며칠째 거점에서만 있으려니 심심하단 말이에요."

대진과 메이는 마을을 돌아다니는 것도 지쳤는지 간혹 치호에게 와서 이렇게 투정을 부리기도 했다.

하지만 투정일 뿐 그렇게 재촉하지는 않았는데, 오늘은 유

달리 분위기가 다른 것 같았다.

"글쎄. 좀 있어야 할 것 같은데?"

"으… 최대한 빨리해 주세요. 영 불안해서요."

치호는 뭐가 불안하다는 건지 의아해할 때 대진이 슬며시 다가와 치호에게 말했다.

"실은 말이야. 요즘 분위기가 좀 이상하더라고."

"분위기? 무슨 일 있나?"

"뭐… 딱히 무슨 일이 있는 건 아닌데 말이야. 뭐라고 해야 할지… 흠… 좀 애매해서."

대진이 뭔가 걸리는 게 있지만 정확하지는 않아 이야기하기를 꺼려하는 것 같았다. 하지만 치호가 계속해서 묻자 대진도 어쩔 수 없다는 듯 이야기를 하기 시작했다.

"내 스킬 알지? 좀이 쑤셔서 참을 수가 있어야지… 그래서 네가 지하실에서 이것저것 만들고 있을 때 메이랑 나랑 거점 여기저기를 돌아다녔거든?"

"어쩐지 안 보이더라니. 그랬군. 뭐 건진 정보 같은 거라도 있나?"

"흐음… 정보라기보단… 요즘 말이야. 괴물들의 움직임이 수상하다는 소리가 있어서."

"괴물들이?"

괴물들의 움직임이 수상하다는 소리는 처음 들었기에 치호도 호기심이 들기 시작했다.

"뭐… 아직 정확한 이야기는 아닌데 사냥하러 다녀온 사람들 말에 의하면 괴물들이 집단적 움직임을 보이는 것 같다고 하더라고."

"그게 무슨 소리야? 알아듣게 좀 설명해 봐. 집단적 움직임이라니?"

"그래서 말하기가 좀 애매하다는 거야. 도통 믿을 수가 있어야지. 괴물들이 한 지점으로 모여들고 있다는 소리가 있거든."

치호는 대진의 말에 놀랄 법도 하건만 그런 표정은 보이지 않았다. 그저 퉁명스럽게 수긍하는 대답을 할 뿐 별다른 반응이 없었다.

이에 대진이 답답하다는 듯 다시금 이야기를 시작했다.

"이게 그냥 넘길 일이 아니라니까? 항상 혼자 움직이던 괴물들이 함께 움직인다고! 그 괴물들의 숫자라면 어지간한 거점 정도는 그냥 쓸어버리고도 남을걸?"

"주 거점들은 어차피 숨겨져 있어 찾을 수조차 없는데 무슨 상관이야?"

"아이코, 주 거점들이야 문제없겠지만 여기 같은 개척 거점들은 문제가 크지. 순식간에 밀려 버릴걸?"

"흐음… 그것도 그렇군. 그럼 그 괴물들은 아직 모여만 있는 건가? 별다른 움직임은 없고?"

치호는 대진의 말에도 여전히 큰 반응을 보이지 않았다. 그들이 모인다는 것 자체는 별 신경을 쓰지 않고 그저 그들이 움직이는 방향만 궁금한 듯싶었다.

"글쎄… 목격자들에 의하면 북쪽을 향해 간다는 것 같던데? 그래서 분위기가 이곳 분위기가 별로야. 그 말이 사실이라면 이 거점이 중간에 따악 있잖아. 그래서 무조건 여기를 거쳐 갈 것이란 거지."

"그렇군. 그러면 시노프의 테스터들은 모두 빠져나가고 있는 건가?"

"그래, 나도 설마설마했는데 사람들이 빠져나가는 속도가 급물살을 타고 있어. 우리도 어서 준비를 해야 할 것 같아."

"흐음… 알았다. 최대한 빠르게 준비하지. 클레디안!"

대진이 치호에게 경고를 했음에도 치호는 그다지 놀라지 않은듯 묘한 태도를 보였고 그저 클레디안을 소리쳐 부를 뿐이었다.

대진에 눈에는 치호가 놀라지 않은 척해도 클레디안과 합심해 빠르게 장비를 손보려는 것 같아 다소 마음이 놓였다.

안도의 한숨을 내쉬는 대진을 보고 메이가 물었다.

"치호 아저씨는 지금 사태의 심각성을 알긴 알까요?"

"글쎄… 그래도 행동으로 봐서는 알아들은 것 같기는 하니… 괜찮겠지. 그리고 뭐 아직 확실한 것도 아니잖아? 너무 지레짐작으로 부담주지 말자고."

"하… 하지만!"

메이가 무언가 하고 싶은 말이 더 많은 듯싶었으나 대진이 고개를 가로젓자 알았다는 듯 깊은 한숨을 내쉴 뿐이었다.

"메이, 그런데 위층에 세이카… 그러니까 클레디안의 어머니는 계시긴 한 거야?"

"네? 왜요?"

"아니, 우리가 여기서 지낸 지 벌써 며칠이나 지났는데도 도통 보이지가 않아서 그래. 한번은 뵙고 지내게 해주셔서 감사하다고 말씀은 드려야 하는 거 아니겠어?"

대진은 신세지고 있는 집에서 큰 어른의 허락도 받지 않고 지내고 있었기에 마음에 걸린 것이다. 한국인의 예절을 잊지 않은 듯한 대진이었다.

더욱이 몸도 편치 않아 보이는 세이카였기에 대진이 호기심 반 걱정 반으로 묻는 것도 무리는 아니었다.

"아… 실은 얼마 전에 클레디안이 밖으로 모시고 갔어요."

"밖으로? 어째서, 우리 때문인가? 이런… 너무 죄송한데."

"그런 건 아니구요. 거점에 있는 의원댁으로 옮기기로 했거든요. 아무래도 상태가 상태이다 보니 언제 응급상황이 올지도 모르잖아요? 그래서 의원의 숙소에 머무르는 게 좋다고 판단한 것 같아요."

"흐음… 그래? 그러면 다행이지만… 그래도 죄송스럽군. 세이카 그분은 대체 무슨 병이기에 그렇게 힘들어하시는 거야?"

대진은 지금껏 이 테스트 필드에서 그렇게 병으로 고통스러워하는 사람은 본적이 드물었기에 물었다.

어지간한 질병이라면 포션으로 회복이 되기 때문에 세이카처럼 힘겨워하는 사람을 본 적이 없기 때문이다.

"글쎄요… 저도 정확한 건 몰라요. 사실 클레디안의 의뢰를 받은 것도 세이카 그분이 먼저 절 찾아온 것이거든요."

"저 아픈 몸을 이끌고 직접?"

"그러니까요. 그래서 저도 의뢰를 더 거절할 수 없더라구요. 뭐… 나중에 이것저것 캐내다 보니 클레디안이 장인의 후손이란 걸 알았지만 말이에요."

"흠… 그랬군. 뭐, 아무튼 클레디안도 돌아왔으니 속히 쾌차하셨으면 좋겠어."

두 사람은 지금은 집에 없는 세이카를 걱정하며 두런두런 이야기를 나누었다.

깡

까강.

깡.

때마침 들려오는 지하에서의 경쾌한 금속음이 울렸고, 그 소리는 마치 치호의 작업의 시작을 알 리는 듯했다.

그리고 지하에서 울리는 작업 소리는 그날 밤까지 지칠 줄을 모르고 집안에 울려 퍼졌다.

*   *   *

[변환율 99%]

"후우… 좋아. 거의 다 되었군."

치호는 작업이 막바지에 달했기에 스킬 변환율을 살펴보았다.

과연 치호의 예상대로 경험 변환의 변환율은 빠르게 올라 벌써 99%에 달하고 있었다. 아마도 이 작업을 마치면 특별한 일이 없는 한 경험치 변환은 완료될 것 같았다.

다행히 생각한 대로 일이 흘러가자 마음에 든다는 듯 치호는 마지막까지 꼼꼼히 신경을 쓰고 있었다. 지금은 광택 작업을 하는지 연신 장비들을 손질하고 있었는데 사소한 것 하나까지도 놓칠 수 없다는 듯 마지막까지 신경 쓰는 모습이었다.

"허… 치호 당신. 대체 정체가 뭐요?"

"무슨 소리지?"

"당신이 가지고 있는 그 실력… 후… 내가 스승으로 모시고 싶을 정도군."

사실 클레디안의 장비 코팅은 이미 끝난 지 오래였으나 치호가 메이와 대진의 장비들을 좀 더 손보느라고 시간이 더 걸린 것이다.

그리고 코팅 작업이 끝난 후부터는 옆에서 치호가 하는 것을 지켜본 클레디안으로서는 경악을 할 수밖에 없었다.

치호의 손길이 닿는 곳마다 장비가 살아나는 듯한 착각까지 느꼈기 때문이다.

그리고 지금 막바지에 들어선 그의 모습은 마치 자신이 꿈에 그리던 그런 장인의 모습이었기 때문이다.

"쓸데없는 소리 말도록. 집중해야 하는 부분이니까."

"아… 알았소. 미안하오."

클레디안 역시 같은 장인이다 보니 지금 하는 작업이 얼마나 중요한지 알기에 조용히 치호가 하는 것을 지켜보았다. 마치 한 장면이라도 놓칠세라 눈도 감지 않고 치호의 작업하는 광경을 눈에 담는 그의 모습은 마치 수업을 처음 받는 어린아이와 같은 초롱초롱한 눈이었다.

하지만 치호는 누가 보든 말든 그런 것 따위는 상관하지 않고 그저 장비만을 신경 쓰며 마무리 작업을 해나갈 뿐이었다.

'후우… 끝났군.'

치호가 마지막 장비까지 손질을 마치자 치호의 눈앞에 떠오르는 메시지가 있었다.

[경험 변환이 완료되었습니다. 스킬 변환 창을 확인해 주세요.]

다행히 작업에 맞추어 경험 변환 스킬도 완료된 것 같았다.

치호는 떠오른 메시지에 새롭게 얻은 스킬을 확인하려는 찰나 대진이 지하 작업실의 문을 벌컥 열며 들어와 외쳤다.

"치호! 어서 떠나야 해!"

다급해 보이는 대진의 얼굴에는 땀방울이 송글송글 맺혀 있는 것이 심각한 것 같았다.

제9장

카바토

치호는 오래 기다려 왔던 스킬이기에 결정적 순간에 방해하는 대진이 좀 야속했지만 표정을 보니 그런 티는 내지 못할 것 같았다.

너무 다급해 보이는 대진의 표정은 마치 무언가 겁을 먹은 것처럼 보이기도 했기 때문이다.

"무슨 일인데 그래?"

"이러고 있을 때가 아니라고! 어서 이 거점을 벗어나야 해!"

"알아듣게 설명해 봐."

대진은 한시가 급한 이 상황에 차분하게 말하는 치호 때문에 답답해져 속사포처럼 말을 이어가기 시작했다.

"일전에 말한 괴물들! 그 괴물들이 시노프 근처까지 당도해 있다는 정보야. 하루? 아니야… 괴물들의 움직이는 속도를 보면 오늘 저녁에라도 거점을 들이닥칠 수 있다고!"

일전에 수상해 보인다던 괴물들이 정말로 집단적 움직임을 보이고 있던 모양이었다.

더욱이 시노프와 가까운 거리에 있다는 걸 보면 정말 이곳에서 한가롭게 스킬 변환이나 하고 있을 때는 아닌 것 같았다.

"다른 테스터… 아니 이 개척 거점에 있는 인원들은 어떻게 하고 있지?"

"어쩌긴, 방어해야 한다는 사람도 있긴 하지만 대세는 이미 도망가는 거야. 제 목숨 내놓고 거점을 지킬 이유가 없는 거지. 우리도 어서 뜨자고. 여기 있다간 우리도 무사하지 못해! 지난번 신전 전투는 애교로 느껴질 정도의 숫자가 몰려오는 것 같아!"

대진의 말을 듣던 치호는 가볍게 한숨을 쉬며 클레디안을 바라봤다.

의미를 알 수 없는 치호의 눈빛은 클레디안을 움찔하게 하기에 충분했다.

클레디안은 왠지 모르게 그런 치호의 눈빛을 온전히 마주하지 못하고 어딘가 떨리는 듯 고개를 절레절레 흔들며 시선을 피할 뿐이다.

대진은 대체 치호가 왜 클레디안을 저런 눈빛으로 쳐다보는지 의미를 알지 못했다.

그 눈빛의 의미는 오로지 치호만이 알고 있을 것이다.

"대진, 장비 챙겨."

대진은 치호의 말에 황급히 메이를 부르며 장비를 챙겨 입기 시작했다. 그런 대진과 메이는 휘둥그레진 눈으로 치호에게 말했다.

"아… 아니 이게 뭐야? 어?"

"치호 아저씨! 장비들이?"

두 사람은 치호가 정비한 장비를 착용하며 새롭게 추가된 항목이 있는지 믿을 수 없다는 듯 치호를 바라볼 뿐이었다.

[강력한 화기에도 견딜 수 있는 특수 코팅이 되어 장비가 강화됩니다. 그 어떤 열기도 침범하지 못할 것입니다.]

[장인의 손길이 닿은 무구, 무구의 원형은 장인이 만들지 않았지만 그의 손이 닿아 공격력과 방어력이 무구의 한계치까지 적용됩니다. 또한 내구성이 한 단계 증가합니다.]

"기본적인 외형은 바꾸지 않았다. 너희들이 쓰는 부분에서 어설픈 부분이나 필요한 부분을 보완했을 뿐이야. 쓰는데 지장은 없을 거다."

"이건… 쓰는데 지장 정도가 아닌데… 거의 등급이 한 단계 올라간 수준인데……."

"그… 그러게요. 이럴 줄 알았으면 진작 대장간이라도 빌려서 부탁할 걸 그랬어요."

치호는 퉁명스레 두 사람에게 말했지만 대진과 메이는 눈이 휘둥그레져 거의 새로운 장비급의 물품을 파악하는 데 여념이 없는 것 같았다.

그런 두 사람을 뒤로하고 치호 역시 장비를 착용하기 시작했다.

그간 마음에 들지 않는 부분을 손보고 작은 보조 장비, 암기, 투척 무기 등 자신의 손에 최적화된 위치에 각 무구들을 배치하여 조정했다.

그간 무구가 제공하는 위치에만 장비를 숨겨둘 수 있었는데 이번에 괜찮은 작업장과 적당한 시간이 주어지자 장비들을 치호의 입맛대로 세팅한 것이다.

'뭐… 이 정도면 괜찮군.'

치호는 완벽하게 마음에 들지는 않는 것 같았으나 이 정도면 그래도 쓸 만했기에 봐줄 만한 것 같았다.

"대진, 메이 떠날 준비는 되었나? 식량이나 기타 물품은 어떻게 준비했지?"

"아휴, 그런 건 걱정하지 마. 네가 장비 만드는 동안 우리가 다 준비해뒀으니까 몸만 뜨면 된다고. 허… 그나저나 장비가… 이거 내 장비들 맞아? 어떻게 만지면 이렇게 착착 감길 수가 있지?"

"쓸데없는 소리 말고 가지."

치호가 냉정하게 뒤돌아서려 하자 메이가 황급히 치호를 부르며 말했다.

"아! 저… 치호 아저씨. 클레디안은……?"

메이는 의아한 표정으로 치호에게 물었다. 분명 방금까지 클레디안과 작업하던 사람이 어떻게 클레디안이 없는 사람처럼 행동하는지 말이다.

그 행동이 이해되지는 않았지만 치호가 그렇게 한다고 자신까지 클레디안을 그렇게 대할 수는 없어 황급히 물은 것이다.

하지만 치호가 그 물음에 답을 하기도 전에 클레디안이 황급히 말했다.

"아! 난 걱정하지 않아도 되오. 어머니도 따로 챙겨야 하고… 알아서 거점을 빠져나갈 테니 걱정하지 마시오."

"그래도 어떻게 그래요! 그러지 말고 어머님을 모셔둔 곳으로 함께 가요. 저희가 보호해 드릴게요."

"아… 아니오. 그럴 필요 없소. 하아, 그리고… 미안하오."

"네? 미안하다뇨? 저희 무구에 특수 코팅까지……."

메이는 뜬금없는 클레디안의 사과를 이해할 수 없었다. 자신들의 무구에 코팅까지 해준 사람이 오히려 자신들에게 미안하다고 하니 말이다.

그런 이해할 수 없는 언동에 메이가 혼란에 빠져 있을 때 치호가 두 사람의 대화를 자르며 말했다.

"메이, 가지. 클레디안… 안타깝게 됐군. 설마 했는데… 다시 만나지 않기를 기도하지."

메이는 두 사람의 대화가 도통 이해가 되지 않았지만, 치호의 행동을 보면 뭔가 이유가 있는 것 같아 더는 클레디안에게 권하지 않았다.

"빨리 움직여! 아, 뭐 그런 것까지 가지고 나오는 거야! 돈될 만한 것만 대충 챙겨서 나오라고! 시간이 없어!"

"제길, 정찰병이 돌아오질 않는 것으로 봐서 지근거리에 도착한 게 틀림없어. 서둘러!"

"어째서 이렇게 가까이 다가오고서야 보고가 된 거야? 대체 정찰하는 놈들은 대체 뭘 했길래!"

클레디안의 집을 나선 세 사람이 마주한 광경은 혼돈 그 자체였다.

거점 시노프는 여기저기 짐을 챙겨 부산히 움직이는 사람들, 자신의 동료를 찾는 사람들, 괴물에 대한 늦은 동향 보고를 짜증 내는 사람들까지 온 사람들이 모여 북새통을 이루었다.

마치 피난을 가는 이주민들의 모습이 그러하듯 그들은 서둘러 시노프를 떠날 준비를 하는 것 같았다.

"대진, 생각보다 사람들이 많이 남은 것 같은데? 어찌된 일이야. 이미 정보는 꽤 전부터 돈 것 같은데."

"분통 터져서… 실은 얼마 전에 그런 괴물들의 동향이 허위라고 소문이 돌았거든. 그거 때문에 사람들이 안심하고 있다가 된통 당한 거지 뭐."

"소문?"

"그래, 나나 메이도 감쪽같이 속을 만큼… 제길. 어떤 상단에서 물품 재고 처리 때문에 그랬다는 소문도 있고 하여튼 지금 정확하게 파악하기는 어려워."

아무래도 누군가의 이기심으로 인해 시노프 자체에 헛소문이 퍼진 것 같았다. 그 때문에 지금 이런 혼란이 벌어지고 있는 것이다.

"후… 그나마 도착하기 전에 피할 수 있어서 다행인가?"

치호는 그나마 지금이라도 떠날 수 있게 된 것을 다행으로 여기고 시노프를 떠나는 긴 행렬에 파묻혔다.

일단은 이들과 함께 일정 거리를 벗어난 후 동쪽의 불의 땅으로 향하면 될 것 같았다.

*   *   *

'후… 많기도 하군.'

치호는 문득 피난 행렬을 따라 걷다 뒤를 돌아보니 생각보다 많은 인원이 함께 움직이고 있었다.

작은 개척 거점치고는 구석구석 사람들이 많이 살고 있었던 모양이다.

슬쩍 뒤를 돌아보고 대진과 메이를 보니 대진은 지치지도 않는지 주변 사람들과 이야기를 나누며 정보를 모으는 것 같았고, 메이 역시 그런 대진 옆에서 함께 추임새를 넣으며 사람들에게 정보를 뽑아 먹는 것이 언제 저렇게 친해졌나 싶었다.

'티격태격하더니… 하긴 성향이 비슷하긴 하지.'

두 사람은 어쩌면 서로 닮았기에 그렇게 마찰이 있었는지 몰랐다.

그 둘을 보며 피식 웃고서 치호는 스킬 창을 열었다. 확인하지 못한 경험 스킬을 확인해 봐야 할 것 같았기 때문이다.

〈장인의 자존심 — 지속형〉

─ 내용: 해당 사용자는 이미 무구에 대한, 아니 비단 무구뿐만 아니라 그 어떤 물건이라도 명품으로 둔갑시킬 수 있는 기술을 가지고 있습니다. 이는 비단 손기술에 국한된 것이 아닌 그에 따른 지식 체계 또한 놀라울 정도로 깊습니다.

홀로 이런 기술을 가진 자는 지금껏 본 적이 없을 정도로 각 분야에 통달해 있습니다.

이는 곧 당신의 손길이 닿는 순간 폐급 경지의 물품도 명품으로, 명품의 물건도 폐급의 물품으로 둔갑시킬 수 있는 지고의 경지를 뜻합니다.

더욱이 사용자를 철저히 배려하는 당신의 기술에 감탄하며, 여태껏 해당 경지에 도달했던 장인은 손에 꼽습니다.

비록 최초의 경지는 아니나 이 또한 무시할 수 없는 업적이기에 그에 합당한 스킬 효과를 부여합니다.

해당 스킬은 테스터 황치호의 오리지널 스킬로 등록됩니다.

─ 발동 효과: 시전자와 전투 시 생기는 접촉으로 상대방 무구의 내구도를 지속해서 손상시켜 종래에는 그 어떤 물품이라도 파괴할 수 있습니다.

─ 특수 효과: 모든 무구의 맹점을 파악해 특수 재료 없이 무구를 파괴하거나 잠재력을 극도로 끌어 올립니다.

─ 소모 자원: ─

스킬에 대한 설명을 읽은 치호는 흥미롭다는 듯한 표정이 얼굴에 떠올라 있었다.

'최초의 경지가 아니다?'

지금껏 경험치를 변환해 얻은 스킬은 매번 최초라는 단어가 들어 있었으나 이번에는 최초가 아니라고 했다. 그때 문득 한 사람이 치호의 머릿속에 떠올랐다.

'벨리안… 인가? 하긴 그 역시 훨씬 이전 세대에 이런 무구를 만들었으니 그럴 만도 하지.'

지금 들고 있는 조각이라는 이름의 무구들만 봐도 그렇다. 수십 대 전에 만들어진 무구일 텐데도 지금 만들어진 그 어떤 무구보다 뛰어난 성능을 가진 걸 보면 그의 실력을 대충 파악할 수 있다.

그렇게나 까다로운 치호가 마음에 든다고 표현할 정도니 그의 실력은 치호와 비견될 것이다.

아니, 오히려 무한한 수명을 가지고 있는 치호보다 더 대단한 이일지도 모른다.

치호는 영원한 세월 속에서 얻은 기술들이지만, 그 벨리안은 불꽃같은 찰나의 삶 속에서 그만한 경지를 이룬 것이니 말이다.

'정말 재능이 엄청났던 모양이야.'

문득 벨리안 정도면 한 번쯤 만나서 이야기를 나누고 싶다는 생각이 들었다.

일정 수준에 달한 사람은 비록 분야가 다를지라도 그와 비견되는 수준에 달한 사람과는 말이 통하는 법이니 말이다.

'뭐… 아무튼 그 어떤 무구도 파괴한다라… 잘만 쓰면 쓸만하겠어. 게다가 무구의 잠재력을 끌어 올린다니… 나중에 장비들을 다시 한 번 봐야겠군. 놓친 게 있을 수도 있으니.'

치호가 새로 생긴 스킬에 대해 만족하며 스킬을 어떻게 사용할지 생각하고 있을 때였다.

행렬의 끝.

행렬의 꼬리 부에서 단말마의 비명이 들렸다.

"악!"

축 처진 어깨로 발걸음만 재촉하던 이들이 그 단말마의 비명에 뒤를 돌아봤을 때 그들은 모두가 아연실색할 수밖에 없었다.

"괴… 괴물… 허."

사람들은 그 괴물들의 모습을 보고 더는 말을 잇지 못했다.

행렬의 후미를 시작으로 전방위에 걸쳐 하나둘씩 드러내기 시작한 괴물들의 모습은 멈출 줄 모르고 계속해서 나타났고,

종래에는 마치 행렬을 빙 둘러싸고 포위하는 듯했다.

더욱이 행렬을 둘러싼 그 수많은 괴물은 테스터들이 코앞에 있음에도 달려들지 않았다.

마치 무엇인가의 명령을 기다리는 듯 그저 무시무시한 살기만을 뿜어내며 포위할 뿐이었다.

"틀렸어… 우린 여기서 다 죽을 거야."

"힘을 합칩시다! 여기서 끝낼 수 없소! 우리가 여기까지 어떻게 왔는데 안 그렇소?"

"맞아요! 힘을 합치면… 합치면 어떻게든 될지 몰라요!"

"닥쳐! 저 괴물들의 숫자를 보고도 감이 안 와? 이미 틀렸다고!"

괴물들이 피난 행렬을 포위하자 사람들은 제각각의 반응을 보이고 있었다.

어떤 이들은 포기했고 어떤 이들은 힘을 합쳐 난관을 타개하자며 서로를 북돋는 이들도 있었으며 그저 사태를 관망하는 이들도 있었다.

하지만 어떤 식으로 결과가 나든 그다지 좋은 결말이 나올 것 같지는 않았다.

"치… 치호. 큰일 났어. 제길… 이거 어쩐다."

"치호 아저씨, 미안한 이야기지만… 저희 셋이 힘을 합치면 어찌어찌 도망은 칠 수 있을 것 같아요. 도주를 목표로 하죠!"

대진과 메이 역시 이 상황에 흔들리는 듯했지만 치호는 고개를 가로저으며 나지막하게 말했다.

"도망… 은 못 칠 거다, 아마."

"네? 왜요? 왜 도망을 못 쳐요."

메이가 다급하게 치호의 말을 받았다. 도망도 못 친다면 지금의 상황은 그 어떤 때보다 절망적으로 느껴졌기 때문이다.

다른 이들의 말처럼 모두가 힘을 합쳐 저항한다면 그나마 미약한 승산이라도 있었을 테지만 지금처럼 의견이 분열되고 있는 상황에서 그런 희망 따위 보이지 않았다.

"저 괴물들의 목표가 아마 우리가 아니지 싶은데 말이야."

"그럴 리가… 저희가 뭐했다고 괴물들이 저희를 노려요?"

메이는 점차 목소리를 낮추어 가며 말을 이었다. 이 대화를 다른 일행이 들어봐야 좋을 것 같지 않아 저도 모르게 목소리가 작아지는 것이다.

만약 이 대화를 시노프의 주민이 듣는다면 괜한 마녀사냥이 될 수 있기 때문에 스스로 조심하는 것이다.

"후… 설마 했는데 이런 결정을 내릴 줄이야. 어쩔 수 없는 건가."

"에이, 이해가 되게 말 좀 해주세요! 혼자만 알지 말고요. 그래야 저희도 전략을 짜죠."

메이가 치호에게 짐짓 짜증이 섞인 말을 했지만 메이의 물음에 치호가 대답할 필요도 없이 그 이유는 알 수 있었다.

괴물들 사이를 가르고 나온 한 인영 때문이었다.

괴물들 사이를 가르고 나온 인물.

장인 벨리안의 후손 클레디안의 어머니.

세이카였다.

세이카가 괴물들 사이를 가르며 몸을 드러낸 것이다.

그런 광경에 메이는 입을 다물지 못했고 시노프의 주민들은 괴물들 사이에 인간이 나오자 상황이 파악되지 않는 듯 웅성거리는 소리가 점점 커질 뿐이었다.

그때 세이카가 피난민들을 향해 외쳤다.

"탐색자! 치호여. 그대가 여기 있다는 것을 알고 있습니다."

세이카는 괴물들을 사이를 헤치고 나와 대놓고 치호를 찾았다. 역시 치호의 예상대로 이 사달의 주인공은 그녀였다.

사실 치호는 그녀를 처음 보았을 때부터 수상하게 여겼다.

탐색자란 직업의 존재를 알고 있는 것도 그러했고 다소 비밀스러운 영웅의 이야기나 필드의 지배자에 관한 이야기를 너무나 쉽게 이야기를 해준 것도 수상하게 느껴졌었다.

치호 자신이 탐색자라는 것을 어떻게 확인했는지, 그리고 굳이 '와린'의 이야기를 꺼내 조금 과할 정도로 많은 정보를 주고 '와린'에게 가도록 의도한 것 같았다.

'뭐… 세이카가 그렇게 말하지 않았어도 퀘스트를 해결하려

면 〈와린〉에게 갔어야 했을 테지만… 억지스러웠지 좀.'

열기를 버티지 못하는 장비가 어쩌고 하는 통에 클레디안과 작업실에서 많은 시간을 허비했기 때문이다. 어쩌면 그녀가 무언가를 준비하기 위해 의도적으로 시간을 끈 것일 수도 있었다.

하지만 그런 것들은 모두가 치호의 추측일 뿐.

치호가 진정으로 그녀를 의심하게 된 이유는 따로 있다.

그녀는 클레디안이나 메이의 말과는 다르게 환자가 아니었기 때문이다.

스킬 〈운명의 동아줄〉은 질병이나 취약점을 파악하게 해주는 스킬인데 이 스킬을 일전에 치호가 오리지널 스킬로 획득했었다.

그렇기에 세이카가 아프다는 말에 바로 이 스킬을 사용해 그녀를 진단했지만, 그녀는 질병은커녕 아무런 것도 떠오르지 않았다.

그때 치호는 눈치챈 것이다.

그녀가 병약함을 앞세워 동정심을 유발하려는 얕은 수작을 쓰고 있음을.

그렇기에 치호는 그녀를 처음부터 의심하게 된 것이다.

하지만 이런 식으로 괴물들을 이끌고 와 사달을 낼 것이라고는 상상조차 하지 못했다.

기껏 해봐야 테스터 몇 명이나 끌고 올 것이라 예상했기 때문이다.

그 정도라면 자신이 작업하는 동안 대진이나 메이에게 맡겨도 충분하기에 마음 놓고 작업실에서 장비를 손본 것인데 일이 복잡하게 꼬이는 것 같았다.

치호가 잠시 세이카에 대해 생각하고 있을 때 주위의 웅성거림은 점차 커져서 진정될 줄 몰랐다.

"탐색자? 그건 또 뭐야?"

"누구야! 어서 나와!"

"그놈이 이 사달을 만든 거야? 에이… 설마 테스터 하나 때문에 이 괴물들이… 말도 안 돼."

주위에서 여러 추측성 대화가 난무했고 혼란은 점차 가중되었다. 그때 세이카가 나서서 하는 말은 그러한 혼란을 가중시키기에 충분했다.

"탐색자여. 그대만 나오면 이들은 해치지 않겠습니다. 그러니 어서 나오세요. 괜한 희생을 만들 필요는 없지 않겠습니까?"

세이카의 말이 끝나자마자 주변에서는 치호를 찾는 목소리가 들렸다.

"탐색자? 그놈이 누구야! 어? 어서 나와!"

"이런 제길. 그놈만 찾으면 우린 살 수 있는 거야?"

"일단 찾고 보자고!"

주위의 소란이 식을 줄 몰랐다. 치호는 그런 세이카의 행동에 피식 웃으며 대진과 메이를 향해 나직히 말했다.

"나와 떨어져. 모른 척해라."

"나가려고? 미쳤어! 저길 뭐 한다고 나가! 그냥 도망이나 가자니까?"

"안 돼요! 아저씨!"

두 사람은 치호의 말을 들을 생각이 없는 듯했지만, 치호는 단호하게 말했다.

"저 녀석들 말을 믿는 건 아니지만… 혹시 라는 게 있으니까. 만약 일이 틀어지면 바로 빠져. 그리고 나 혼자라면 어떻게든 몸을 뺄 수 있을 거다."

치호가 단호하게 말하자 두 사람도 어쩔 수 없다는 듯 마지못해 고개를 끄덕였다.

치호의 실력은 두 사람 모두 아는 것이었기에 도움이 되지 못한다는 것에 자존심이 상했는지 아무런 말 못하고 그저 입술을 꽉 깨물 뿐이었다.

치호는 그런 두 사람을 본 후 세이카 앞으로 나섰다. 더 이상 시간을 끌다가는 피난민들이 서로 싸우게 생겼기에 서둘러 나간 것이다.

"저 사람이 탐색자인가 봐요."

"뭐? 저놈이? 저놈이 문제야?"

"대체 뭔 짓을 하고 다녔기에… 이것 참. 이런 경우는 들어본 적도 없는데."

나서는 치호 뒤로 여러 가지 말소리가 들렸지만 개의치 않고 그녀 앞으로 나서자 세이카가 기다렸다는 듯이 말했다.

"안타깝게 됐어요. 조금만… 조금만 더 일찍 왔더라면 이런 결말을 맞지는 않았을 텐데요."

"흥, 잔소리는. 그런데 대체 이게 무슨 일이지? 괴물들이 어떻게 이렇게 집단적으로 움직일 수 있지?"

"제가 일전에도 말씀드렸죠. '와린'이 약해지고 있다고."

예상치 못한 '와린'에 대한 이야기가 나오자 치호는 의문이 들어 세이카에게 반문했다.

"그게 무슨 뜻이지?"

"일전에도 말씀드린 대로 '와린'이 그간 감시자들의 눈으로부터 저희를 비껴가게 한 것은 맞으나… 결국 들통나고 말았어요. 그들에게."

"뭐? 그런데… 어째서 살아 있는 거지? 네 말대로 신살의 무구를 만든 가문 아니던가?"

"그들이 찾아와 말하더군요. 조만간 탐색자가 찾아올 거라고. 그리고 탐색자를 '와린'과 만나게 해서는 안 된다구요. 만

약 그 탐색자를 저지한다면… 저희 가문의 저주를 풀어주겠
다고 했어요."

그들이 직접 찾아와 말했다는 부분에서 흠칫 놀라기는 했
지만 치호는 이미 그들의 존재를 어렴풋이 눈치채고 있었기에
새삼스레 놀랄 것은 아니었다.

다만 그들이 실체를 드러냈다는 부분에 흥미가 느껴졌다.
그들이 실체를 드러냈다면 자신에게 직접 찾아오지 않고 왜
세이카를 찾아갔는가 하는 의문이 들었다.

하지만 치호는 그런 것은 얼굴에 드러내지 않고 크게 웃으
며 말했다.

"하하하. 그래서… 나를 저지하기 위해 이 수많은 괴물들을
끌고 오셨다? 어떻게 한 거지?"

"그건 감시자들이 직접 소개시켜 주신 '카바토' 님이 도와주
셨지요. 그 덕에 이렇게 괴물들을 끌고 올 수 있던 거예요. 카
바토 님은 차기 필드의 지배자에 가장 가까운 분이거든요."

"뭐?"

세이카가 카바토를 입에 담자마자 사막의 모래가 파헤쳐지
며 바닥에서 무언가가 솟구치듯 모습을 드러냈다.

파헤쳐지는 모래의 양이 마치 폭포수처럼 떨어지고 있어 그
크기부터가 압도적이었다.

괴물을 덮은 모래가 모두 거두어지고 모습을 드러낸 괴물은 마치 거북이와 전갈을 합쳐놓은 것 같은 모습이었는데, 단단해 보이는 등껍질은 이중으로 겹쳐져 있어 그 사이사이마다 날카로운 가시가 돋아 있었고 꼬리는 보통의 '투클로'의 몸통만 한 두께의 꼬리가 전갈의 그것처럼 바짝 솟아 있었다.

전신이 마치 강철 갑주를 두른 듯 단단해 보이는 그 괴물의 모습은 지금껏 본 적 없는 압도적인 기세를 뿜어내고 있었다.

그가 네 번째 필드의 지배자 후보인 것 같았다.

"이분이 바로 카바토 님입니다. 당신을 처리하고 바로 '와린'에게 안내해 그를 필드의 지배자 자리에서 끌어내릴 겁니다. 그게 저와 카바토 님 사이의 약속이죠. 그렇게만 되면… 그렇게만 된다면… 저희 가문에 지긋지긋한 저주도 끝낼 수 있습니다."

"그러니까 너희 살아보겠다고 이 짓거리를 한 거란 거지?"

"당신은 모릅니다. 저희 가문이 얼마나 고난의 세월을 살았는지… 선조의 잘못된 선택 한 번으로 저희 가문이 얼마나 박해받고 있었는지… 그 명맥을 잇기 위해서 얼마나 힘들었는지… 당신은 상상도 못할 것입니다. 나의 아들 클레디안 조차… 불쌍한 클레디안."

세이카가 하는 말인즉슨 지금 자신과 클레디안 두 사람의 목숨을 연명하자고 이 짓을 꾸몄다는 게 도무지 믿기지 않았다.

어쩌면 긴 시간 동안 내려온 가문의 저주를 풀기 위한 방법일 지도 모르겠으나 치호의 눈엔 그저 제 목숨 하나 챙기려는 것 이상으로는 보이지 않았다.

그렇게 생각하자 점점 부아가 치밀어 올랐다. 그것 때문에 수많은 사람들의 목숨을 담보로 괴물들을 불러 모았다니 도대체 저 머릿속엔 무엇이 들어 있는지 열어보고 싶을 정도였다.

어처구니없는 세이카에게 분노가 켜켜이 쌓여갈 때쯤 세이카가 말했다.

"그러니 탐색자이시여… 부탁드립니다. 죽어주세요. 당신만 죽어주신다면… 모든 게 해결될 것입니다."

세이카의 기도 차지 않는 말에 치호가 피식 웃으며 말했다.

"세이카. 정말 미안한 말이지만 말이야… 그럴 수가 없는데 어쩌지?"

치호의 말뜻을 오해한 세이카의 눈가가 파르르 경련을 일으키듯 떨렸다.

"하아… 결국… 수많은 희생자가 생기겠군요. 카바토 님!"

세이카가 카바토를 부르자 카바토가 거대한 몸을 이끌며 천천히 앞으로 나섰다. 동시에 피난민들을 포위하고 있는 괴물들이 움찔움찔하는 것 같은 기색을 내비치기 시작했다.

크오오오오!

카바토의 우렁찬 포효가 사방을 울렸고 동시에 그것이 출발의 신호라도 된 듯 괴물들이 피난민들을 향해 미친 듯이 달려들기 시작했다.

"세이카!"

치호는 세이카의 무자비한 행동에 그녀를 세차게 불렀지만 세이카는 고개를 흔들며 말했다.

"당신의 선택입니다. 탐색자시여."

치호는 세이카의 저 주저 않는 행동을 보고 이마에 핏대를 세우며 말했다.

"죽어주고 싶어도, 죽어줄 수가 없어. 흥, 한번 해보자고. 이런 싸움을 선택한 너, 후회할 거다. 91인의 악몽!"

*   *   *

치호는 망설이지 않았다.

이곳은 신전과는 다르다. 그때처럼 특수한 생과 사가 뒤집히는 공간이라느니 하는 그런 이상한 공간이 아닌 그냥 필드

이기 때문에 가지고 있는 마력을 총동원해서 소환할 수 있는 악몽들을 모조리 소환해 낸 것이다.

이런 난전이라면 악몽들이 아주 미쳐 날뛸 수 있는 멋진 무대가 될 것이기에 망설이지 않고 그들을 소환해 낸 것이다.

손목에 차고 있던 팔찌가 순식간에 치호의 팔목을 감아 올라가며 완갑 형태로 변환되었고 동시에 뿜어져 나오는 검은 연기는 순식간에 형체를 갖추어 치호의 뒤에 시립했다.

91인이나 되는 악몽들이 대열을 맞추어 서자 마치 군단과 같은 압박감이 뿜어져 올라왔다.

그런 악몽들에게 치호가 나지막하게 명했다.

"인간을 제외한 모든 것을 격살한다."

단순한 명령.

하지만 짧은 명령임에도 불구하고 악몽들은 치호의 의중을 알고 있다는 듯이 눈빛을 희번뜩 빛내며 괴물들이 몰려들고 있는 전장의 중심으로 거침없이 몸을 날렸다.

그들은 마치 검은빛살이 된 듯한 움직임으로 난전에 합류했다.

"뭐… 뭐야! 이것들은!"

"몰라! 괴물은 아니니까 신경 꺼!"

"이 새끼들아! 스킬 아끼지 말고 날려! 지금 아껴봐야 어차피 다 뒤지는 거 몰라?"

괴물의 무리와 인간의 무리가 막 격돌한 전장을 볼 때 몇몇의 외침 소리가 여기까지 들렸다.

아무래도 사람들은 괴물들과 싸우는 이 상황에서도 자신들의 힘을 완전히 꺼내지 않은 것 같았다.

힘을 아껴두었다가 도망갈 만한 여건이 되면 바로 몸을 빼려고 기회를 보는 것 같았다.

'머저리들.'

그런 사람들을 보며 치호 역시 난전에 합류하려 몸을 빼려 했지만 그 목적은 달성할 수가 없었다.

크오오오!

카바토의 포효가 치호를 붙잡았기 때문이다. 마치 치호가 합류하면 자신도 저 전투에 합류하겠다는 듯 치호를 붙잡았다.

'제길… 악몽들을 믿는 수밖에.'

저 녀석이 난전에 합류하면 그 몸집의 크기 때문에 발구름 몇 번이면 진형이 붕괴되어 전투는 순식간에 끝나버릴지도 모른다.

그렇기 때문에 차라리 치호가 혼자 녀석을 처리하는 게 더 도움이 될 것 같았다.

"카바토! 한번 놀아보자고."

저 녀석이 치호 자신을 원하는 것 같기에 치호는 당당하게 응할 뿐이었다.

다만 현재 마력이 부족해 다른 스킬들을 쓰지 못한다는 게 아쉬울 따름이었다.

하지만 일전의 일도 있었기 때문에 더 이상 마력이 부족하다고 불평하지 않았다.

카바토가 치호의 말을 이해했는지 아니면 기세를 읽었는지 모르지만 치호의 말에 맞추어 나지막한 하울링을 내기 시작했다.

"후우."

치호가 숨을 한 번 크게 들이쉬고는 빠르게 카바토에게 쇄도해 들어갔다.

녀석을 향해 쇄도할 때 검은 힘을 빨아들이는 팔찌의 속도로 보아 악몽 녀석들도 엄청나게 분투하는 것 같았다.

하지만 지금 이 순간 온전히 카바토에게 집중을 해야 했기에 다시 전장을 돌아볼 수는 없었다.

저렇게 몸집이 큰 녀석이라면 일전에 키테그람을 상대했을 때처럼 연약한 부분을 노려 공격하는 것이 좋아보였다.

'그러면… 일단 하체를!'

까앙!

"크윽."

치호는 키테그람처럼 먼저 하체를 노려 자세를 무너뜨린 다음 녀석의 몸에 올라타려고 했으나 첫 수부터 제대로 풀리지 않는 듯한 날카로운 충격음이 들렸다.

'뭐가 이렇게 단단해!'

녀석은 키테그람과 달리 온몸뚱이가 갑옷으로 둘러싼 것 같은 느낌이었다.

그렇기 때문에 치호가 휘두른 검의 일격이 그대로 튕겨 나온 것이다.

치호가 있던 자리에 녀석의 발 한쪽이 모래 먼지를 일으켰다.

녀석이 치호를 밟아 죽이려 발을 구른 것이다. 하지만 치호는 재빨리 피해내 녀석의 주변을 돌며 기회만을 살폈다.

'취약점은… 관절부밖에 없나. 제길.'

일순 〈운명의 동아줄〉을 사용해 녀석의 취약점을 스캔한 결과 별다른 취약점은 보이지 않고 그저 관절부 몇 군데만이 취약점으로 드러났다.

그렇기 때문에 어쩔 수 없이 치호는 녀석을 향해 다시금 쇄도할 수밖에 없었다.

하지만 이번에도 실패.

녀석은 상대적으로 취약해 보였던 관절조차 보통의 내구도는 뛰어넘는 것 같았다.

파멸에 조각에 치호의 검은 힘을 집중한다면 녀석에게 어떤 식으로든 대미지를 줄 수 있을 것 같았다.

그러나 지금 검은 힘을 이쪽으로 돌리면 악몽들이 상대적으로 힘이 떨어질 것 같아 그 방법도 쉽게 선택할 수 없었다.

"제길. 방법이… 크헉!"

치호가 도통 통하지 않는 검 때문에 잠시 망설인 찰나 카바토가 날린 일격.

[에틸라반의 우울 — 수호 효과 발동]
[남은 수명의 91년을 차감합니다.]

치호의 사각으로 녀석의 꼬리가 정통으로 치호를 후려친 것이다.

수십 미터를 날아가고서야 겨우 멈춘 치호의 모습은 정신을 잃지 않은 것이 다행이라고 할 정도로 보였다.

"커헉……."

치호는 몸을 일으키자마자 일어나 기분 나쁘다는 듯 거칠게 피를 한 움큼 뱉어냈다.

인벤토리에서 회복 포션을 하나 꺼내 마시며 중얼거렸다.

"고맙다 새끼야. 정신이 바짝 드는데?"

치호는 카바토에게 일격을 당했지만 뭔가 돌파구를 찾은 듯 약간의 미소를 띠며 다시금 카바토를 향해 달려들었다.

*   *   *

"대진 아저씨… 어떡하죠?"

"어쩌긴 싸우는 수밖에 없지."

"헤헤. 생각보다 의리파?"

"의리는 무슨… 흥. 그나저나 치호도 움직일 수 없는 모양이고… 진짜 정신 바짝 안 차리면 여기가 무덤이 될지도 몰라. 메이, 정신 똑바로 차려! 온다!"

"넵! 치호 아저씨를 버리고 갈 순 없죠. 반드시 살아가자구요!"

대진과 메이는 치호가 떠난 후 전장에 남겨져 자신들에게 몰려오는 괴물들과의 전투를 준비했다.

치호가 말한 것처럼 일이 틀어진 모양이었지만 두 사람은 전혀 도망갈 생각을 하지 않았다.

몰려오는 괴물들을 보며 식은땀이 흐르긴 했지만, 이정도 사람들이 있다면 어떻게든 버텨볼 수 있을 것 같았기에 아직 희망의 끈을 놓지 않은 것이다.

"볼프의 채찍!"

"진(進)!"

두 사람은 마치 오랫동안 함께 싸워 왔던 것처럼 합을 맞추어 싸워 나갔다.

대진이 채찍을 이용한 원거리 공격으로 다가오는 괴물들을 정리하고 그 공격을 피해내 대진의 간격으로 들어온 괴물들은 메이가 근거리에서 즉시 처리하는 방식으로 공격과 수비를 나누어 괴물들을 대적해 나갔다.

"이 새끼들아! 스킬 아끼지 말고 날려! 지금 아껴봐야 어차피 다 뒤지는 거 몰라?"

두 사람이 분투하고 있을 때 다른 곳은 상황이 여의치 않은지 스킬을 사용하라는 목소리가 여기저기서 들려왔다.

"아저씨! 이대로라면… 승산이 없겠어요!"

"이 머저리들. 힘을 합쳐도 모자랄 판에 이게 무슨 짓들이야!"

대진과 메이처럼 괴물들을 향해 전의를 불태우며 싸우는 이들도 있었지만 모두가 그런 것은 아니었다.

오히려 그들을 방패막이로 삼아 힘을 비축하려는 사람, 약해 보이는 이를 자신 대신 괴물에게 미끼로 내미는 사람도 있었다.

그들은 자신이 살기 위한 방법으로 그런 행동을 한 것이지만 그들이 행하는 그런 행동 때문에 사람들은 하나로 합쳐지지 못한 채 분열이 일어나고 있었다.

대진과 메이 역시 그들을 보고 희망의 끈을 놓으려는 그때.

검은빛살이 대진과 메이, 그리고 사람들 사이사이에 자리 잡기 시작했다.

"뭐… 뭐야! 이것들은!"

"몰라! 괴물은 아니니까 신경 꺼!"

"어… 어? 저들은?"

그 검은빛살들이 사람들 사이에서 자리를 잡고 모습을 드러냈을 때 테스터들은 혼란이 더 가중되는 것만 같았다.

분명 사람인 것은 맞는데 보통의 테스터들과는 다른 복색을 하고 있었기 때문이다.

간혹 그들을 알아보는 이들이 있는 것 같았으나 대다수는 갑자기 나타난 그들을 경계하는 것 같았다.

하지만 몰려오는 괴물들을 향해 달려가는 그들을 보고 이내 경계를 풀며 사람들이 외쳤다.

"아군이다! 아군이 왔어! 씨발 희망이 있다고! 제발 좀 싸워 이 병신들아!"

"원주민들? 아니… 원주민들이 어떻게 여길… 여긴 세 번째 필드인데?"

그들의 복색을 알아본 테스터가 있는지 악몽들을 보며 말했지만 그 말을 제대로 들은 이는 없는 것 같았다. 괴물들의 공세가 더욱 거칠어졌기 때문이다.

하지만 괴물들의 공세가 거칠어질수록 악몽들 또한 격하게 공세를 취하기 시작했다.

팔이 잘리고, 몸통이 녀석들의 꼬리에 꿰뚫려도 그들은 마치 고통을 모르는 것처럼 괴물들에게 달려들었다.

그 모습을 본 사람들은 일순 공포를 느끼는 동시에 일말의 희망을 느꼈다.

어쩌면…….

저 죽지 않는 군대가 도와준다면.

어쩌면 이곳에서 살아나갈 수 있을 거라는 그런 희망 말이다.

그런 악몽들의 전투를 보며 웃음 짓는 이가 있었다.

티 없이 맑은 호쾌한 웃음을 짓고 있는 이는 대진이었다.

"하하. 치호구만. 치호야."

"네? 아저씨 저치들 알아요?"

"저들은 치호의 스킬에 일부란 것만 알아 둬. 자세한 건 나중에 얘기해 줄 테니 일단은 전투에 집중하자고.

"헤에… 저게 스킬이라구요? 치호 아저씨도… 저 없는 사이에 고생 진짜 많이 했네요."

"고생뿐이다마다. 지금도 그렇고. 하여튼 이래서 내가 치호

곁을 못 떠나는 거야. 하하하!"

어쩐지 대진은 아드레날린이 과하게 분비된 것처럼 격하게 웃으며 〈볼프의 채찍〉을 연신 날리고 있었다.

지금 〈볼프의 채찍〉의 위력은 신전에서와는 또 비교가 되지 않았다.

치호가 장비를 손봐준 덕분인지는 몰라도 스텟도 일부 상승했고 채찍 또한 손에 감기는 맛이 달랐기에 호쾌하게 채찍을 휘두를 수 있던 것이다.

"한번 버텨 보자고! 치호가 저렇게 고생하는데 우리라고 놀 수만은 없지."

"네! 진(進)!"

두 사람은 말을 하면서도 손은 쉬지 않고 괴물들을 격살해 나가고 있었고 주변 전장의 흐름도 악몽들 덕에 점점 변해가고 있었다.

이대로라면 정말 희망이 있을지도 몰랐다.

치호가 카바토만 처리할 수 있다면 말이다.

*   *   *

"쳇! 대체 몇 번을!"

"때려야!"

"되는 거야!"

대진과 메이의 전장에서 희망의 바람이 부는 것과는 다르게 치호는 녀석의 껍질 때문에 고생이 이만저만이 아니었다.

꼬리에 맞고 날아갔을 눈앞에 떠오른 〈에틸라반의 우울〉 메시지 외에 떠오른 하나의 메시지.

[내구도 1을 손상시켰습니다.]

이 메시지를 확인하고 돌파구를 찾았다는 듯 공격을 감행했지만 이 또한 제대로 풀리지 않는 눈치였다.

'쳇.'

치호는 녀석의 발길질과 꼬리를 피해내기에 여념이 없었다.

하체를 공략하는 것도 공략하는 것이지만 자꾸 한 곳만 집요하게 노리니 녀석도 바보는 아닌지 익숙해진 패턴에 맞게 대처했다.

그렇기 때문에 치호는 공격하기가 여간 까다로운 게 아니었다.

[내구도 1 손상시켰습니다.]

공격을 성공시켰을 때 이번에도 내구도를 손상시켰다는 메시지가 떠올랐다.

하지만 여러 번의 공격을 성공시켰음에도 굳건하게 버티는 녀석의 껍질은 깨질 줄을 몰랐다.

그러니 치호는 자신이 착각을 하는 것만 같았다.

'이거… 안 되는 건가? 메시지가 떠오르기에 녀석의 껍질을 방어구로 인식하는 줄 알았는데… 제길.'

치호는 약간 회의적인 생각이 들었다. 이만큼이나 공격을 성공을 시켰으면 어느 정도 반응이 나올 법도 하건만 아무런 녀석의 하체는 여전히 굳건해 보였기 때문이다.

[내구도 1 손상시켰습니다.]

'음?'

마지막으로 공격하고 이번에도 별 반응이 없으면 다른 곳을 노리려던 찰나 무언가 반응이 있었다.

'균열?'

치호의 손끝에 전해져 오는 미묘하게 다른 감각과 함께 무언가 갈라지는 듯한 소리에 녀석의 하체를 살핀 결과 작은 실금하나가 겨져 있는 것을 육안으로 확인했다.

카바토의 무릎에서부터 치호가 공격하고 있는 발목까지 하체에 드디어 균열이 일어난 것이다.

아주 작은 실금이긴 해도 드디어 효과가 나타나는 것 같았다.

'됐다!'

보통의 테스터들이라면 저 작은 균열을 볼 수조차 없었겠지만, 장인의 격에 도달한 치호의 눈썰미는 그런 작은 실금조차 놓치지 않고 발견해 낸 것이다.

한번 공격이 성공할 때마다 균열은 점점 넓어지면서 범위를 넓혀갔다.

처음에는 그저 무릎에서 발목까지 오는 작은 실금 하나였지만, 지금은 마치 거친 삶을 살아온 노인의 자글자글한 주름처럼 하체 표면에 금이 가 있었고 금방이라도 부서져 내릴 것만 같았다.

"흐읍!"

치호는 하체에 난 균열을 보았을 때 이번 한 번만 공격을 제대로 먹이면 뭔가 효과가 있을 것 같아 파멸의 조각을 고쳐 쥐어 녀석의 하체를 향해 거칠게 휘둘렀다.

[내구도를 한계까지 손상시켜 장비를 파괴하였습니다.]

치호가 일격을 성공시킨 순간 떠오른 메시지와 함께 녀석의 하체를 덮고 있던 단단한 껍질이 균열을 따라 우수수 떨어져 나왔다.

마치 유리창이 깨지는 것처럼 허무하게 부서져 내리는 그 하체의 껍질 사이로 말랑해 보이는 근육이 드러나기 시작했다.

카바토조차 자신의 자랑스러운 껍질이 이런 식으로 허물어질 줄 전혀 생각지 못했는지 당황스러움에 거친 울음을 토해냈다.

하지만 치호에게는 녀석이 혼란스러워하는 그 찰나의 순간이 절호의 기회였다.

치호는 드러난 속살을 순식간에 베어버렸다. 저항감 없이 스윽하고 파고드는 것으로 보아 파멸의 조각이 드디어 힘을 발하는 것 같았다.

카바토 역시 하체를 불에 지지는 것 같은 고통에 발광하며 치호를 공격했지만, 치호는 재빠르게 피해내며 하체를 집요하게 공격했다.

치호의 연속된 공격에 녀석이 드디어 무릎을 꿇자 녀석의 머리로 향하는 루트가 눈에 들어왔다.

"카바토, 곧 네 녀석의 고통을 끝내주지."

치호는 자신 있게 말하며 녀석의 하체를 사다리 삼아 재빠르게 녀석의 머리 쪽을 향해 몸을 움직였다.

　　　　*　　　　　*　　　　　*

"대진, 아저씨! 아직 괜찮아요?"

"날 뭘로 보는 거야! 내가 이래봬도 왕년에… 볼프의 채찍!"

메이가 유독 지쳐 보이는 대진을 향해 불안하다는 듯 물었다.

대진은 그런 메이에게 걱정을 끼치고 싶지 않아 농담을 섞어 여유로운 척하고 싶었지만, 그것도 여의치 않은 것 같았다.

괴물들의 공세가 끝날 줄 몰랐기 때문이다.

괴물들은 끝없이 나오는데 대진이나 메이의 체력과 마력은 무한이 아니다. 그렇기에 점차 지쳐만 가고 있었다.

다만 위안거리가 있다면 치호가 불러낸 악몽들은 기가 질릴 정도의 활약을 보여주고 있다는 것이었다.

그들의 모습은 정말 꿈에 나올까 두려운 모습이었다.

대진은 그들의 모습을 보면서 어째서 치호가 일전에 악몽이라고 소개했는지 이제야 그 뜻을 알 것 같았다.

지난번 신전에서는 그들의 활약이 이 정도까진 아니었던 것 같은데 지금은 지옥에서 올라온 악귀 같은 모습이었다.

달라도 너무 달랐다.

지치지도 않고 제 몸을 사리지도 않는 그 모습은 치가 떨리기까지 했다. 그들이 아군이라는 게 다행이라고 생각될 정도였다.

아무리 다쳐도 다시 회복하고 목이 잘려도 다시금 회복해 나타나는 그들의 모습을 보고 그나마 괴물에 대항하려는 희망의 불을 꺼뜨리지 않을 수 있던 것이다.

만약 그들의 활약이 없었다면 진즉에 전열은 무너지고 전멸을 당했어도 이상하지 않을 상황이었다.

다만 치호의 악몽들이 활약하는 것과는 별개로 상황은 점점 악화만 되어갔다.

사람들이 점차 지쳐가는 것이다. 끝없이 몰려오는 괴물들의 모습에 사람들의 체력이 한계에 달한 것이다.

모두 보통의 테스터들이다.

대진이나 메이, 혹은 치호처럼 격전의 전장을 헤치고 나온 이들이 아니다.

그들은 첫 번째 필드에서처럼 여러 명이 하루에 괴물 한두 마리 잡으며 삶을 연명하던 사람들이다. 그런 이들에게 지금의 상황은 절망적일 수밖에 없었다.

아니, 지금까지 버틴 것만으로도 최선을 다했다고 박수를 쳐 주어도 괜찮을 것만 같았다.

'제길… 틀렸나.'

아무리 발버둥을 쳐도 점점 밀리는 전열은 테스터들의 가슴속에 작게 타오르던 희망의 불씨를 짓밟기 충분했다.

대진마저도 포기하려던 찰나 치호와 카바토가 전투를 치르고 있는 곳에서 거친 울음소리가 들렸다.

크오오오오!

그 울음소리가 얼마나 처절한지 테스터들을 향해 쇄도하는 괴물들의 움직임이 일순 굳어버렸다.

그리고 그 괴물들을 상대하는 테스터들조차도 치호와 카바토와의 싸움을 볼 수밖에 없었다.

그때 다시 한 번 들리는 카바토의 울음소리, 그리고 그 순간 범접할 수 없어 보이던 카바토가 무릎을 꿇었다.

"버텨! 조금만 버티면 이길 수 있다!"

"씨벌, 한 번 해보자고! 어차피 죽기밖에 더해?"

"포션! 포션 있는 놈 있으면 풀어! 어차피 여기서 밀리면 다 지는 거야! 조금만… 조금만 버티자고!"

카바토가 무릎을 꿇는 모습을 보고 테스터들은 포기하려는 마음을 다잡았다.

치호의 분투하는 모습에서 무언가를 본 것만 같았다.

그와는 반대로 괴물들은 자신의 지배자가 고통에 찬 울음을 토해내자 혼란스러워하는 것 같았다.

명령을 따라야 하는지, 아니면 방향을 돌려 카바토를 보호해야 하는지 말이다.

그렇게 괴물들이 혼란에 빠지자 테스터들의 기세가 점차 오르기 시작했다.

"메이! 조금만 힘내자고! 치호가 조만간 끝장을 볼 것 같아!"

"하악, 하악. 네!"

메이는 거친 숨을 토해내며 힘겹게 대진에게 대답했다. 메이 역시 계속되는 전투에 숨이 턱 끝까지 차오른 것 같았으나, 그나마 악몽들의 활약과 조금 전 치호가 보여준 희망의 모습 때문에 겨우 버티는 것만 같았다.

*　　　*　　　*

[내구도 1 손상시켰습니다.]

치호가 녀석의 몸뚱이에 올라 카바토의 목덜미를 노리며 공격을 시작하자 녀석도 심각성을 느꼈는지 거칠게 저항하기 시작했다.

지금껏 단 한 번도 부서진 적 없던 자신의 철벽같던 껍질이 박살 난 적은 이번이 처음이었기에 녀석은 거칠게 저항하기 시작했다.

녀석은 꼬리를 이용해 치호를 떨어내려 했지만, 치호의 재빠른 움직임은 그 모든 것을 허사로 만들 뿐이었다.

카바토는 자신의 몸에 올라탄 치호를 처리하려고 꼬리를 거칠게 흔들다 보니 치호가 몸을 피할 때마다 그대로 자신의 몸을 때리는 악순환이 계속되었다.

[내구도 1 손상시켰습니다.]

'됐다!'

이번에는 몇 번 공격을 성공시키지 않았는데 금세 균열이 생기기 시작했다.

녀석이 스스로의 몸을 자해하듯 때린 것이 효과가 있었는지 균열은 빠른 속도로 그 범위를 늘려가기 시작했다.

[내구도 1 손상시켰습니다.]
[내구도 1 손상시켰습니다.]
[내구도 1 손상시켰습니다.]

"하악… 하악."

치호가 공격을 쉽게 성공하는 것처럼 보였지만, 알고 보면 엄청난 긴장의 연속이었다.

저 꼬리를 한 대라도 맞으면 정신을 유지할 수 있을지 장담할 수 없었으며 녀석의 몸통으로 오른 뒤로 녀석의 몸에 돋아 있는 가시 때문에 착지점을 제대로 확보할 수 없었기 때문이다.

그 때문에 녀석의 공격을 피하는데 여간 힘든 것이 아니었다.

치호가 거친 숨을 몰아쉬며 아주 잠시 숨을 고를 때 어김없이 녀석의 꼬리가 치호에게 쇄도했다.

'제길, 쉬질 못하게 하는구만.'

녀석은 그 거대한 몸뚱이를 움직이는 것이 힘들지도 않은지 몸을 이리저리 흔드는 것은 물론 꼬리 공격을 쉬지 않고 감행했기에 치호는 점점 공격하기가 어려워졌다.

카바토는 자신의 목을 둘러싼 껍질이 파괴되기 전에 치호를 처리해야 했고 치호는 녀석의 공격을 피해가며 목덜미를 둘러싼 껍질을 파괴해야 했기에 둘 사이에는 치밀한 신경전이 오갔다.

그때 치호가 날린 일격이 분위기를 반전시켰다.

[내구도를 한계까지 손상시켜 장비를 파괴하였습니다.]

'됐다! 마지막……!'

찰나의 방심.

녀석의 목덜미를 감싼 껍질이 부서져 내리기 시작했고 그 모습을 본 치호가 아주 잠시 성공의 기쁨에 긴장감이 미세하게 떨어진 그 순간.

바로 그 순간을 노리고 카바토의 몸뚱이에 달린 촘촘히 박힌 가시가 빛살처럼 치호를 향해 날아왔다.

지금껏 보인 적 없는 공격 패턴이었기에 일순 당황한 치호는 그 공격을 그대로 허용할 수밖에 없었다.

"커헉."

어깨에 하나의 가시가 틀어박히는 순간 또 다른 가시 하나가 치호의 하체를 노리며 그대로 날아와 박혔다.

치호는 그대로 무릎을 꿇을 수밖에 없었다. 재빨리 가시를 뽑아내려 했지만 가시는 갈고리형의 돌기를 가지고 있어 쉽게 뽑히지도 않고 고통만을 배가시킬 뿐이었다.

"크윽… 안 돼!"

마지막, 마지막 일격이었다.

녀석의 목덜미 무장을 완전히 해제시키고 녀석의 숨통을 끊는 마지막 일격만 날리면 되는 그 순간, 공격을 허용하고 만 것이다.

치호가 신음을 내는 사이, 또다시 가시 하나가 치호를 향해 날아왔고 그대로 다른 쪽 종아리에 그대로 박혀 버렸다.

"끄으으으."

신음을 삼킨 치호는 정신을 바짝 차렸다. 지금 이 시기를
돌파하지 않으면 다음은 없을 것이기에 흩어진 정신을 다시금
다잡았다.

지금 치호의 검은 힘은 최대한으로 악몽들에게 밀어놓고
있었기 때문에 회복을 위해 돌릴 생각은 아예 하지도 않았다.
아니 생각 자체를 하지 못했다.

또 다른 가시 하나가 치호의 머리통을 노리고 다시금 날아
왔기 때문이다.

치호의 머릿속에는 날아오는 가시를 피해야 한다는 생각뿐
이었다.

저걸 맞으면 끝이다.

저 공격을 허용하면 치호는 정신을 놓아버릴 테고, 상황은
정리되어 있을 것이다.

카바토 역시 가시를 날리며 회심의 미소를 짓는 것 같았다.

치호의 죽음을 예견한 것이다.

하지만 치호에게 남은 기술 하나.

마력이 없어도 발동시킬 수 있는 기술, 클레이가 치호를 당
황 시켰던 바로 그 기술을 발동시켰다.

"한밤의 유령!"

치호의 몸에 박혀 있던 가시는 치호가 어둠으로 화하자 힘

없이 바닥에 떨어져 내렸고 머리통을 향해 날아오던 가시는 그대로 통과하고 말았다.

치호가 외치는 순간 치호의 몸은 형태 그대로 검은 연기가 되었다.

칠흑보다 어두운 그 어둠은 보는 이를 모두 삼켜버릴 것 같은 짙고도 불길한 어둠이었지만, 다행히 테스터들 중 치호의 그런 모습을 본 이는 아무도 없었다.

오로지 카바토, 카바토만 볼 수 있을 뿐이었다.

카바토에게는 그 어둠이 마치 사신과도 같았다.

사신이 천천히 자신의 목덜미로 다가왔다.

마치 카바토에게 죽음이 다가오는 공포를 음미하라는 듯 아주 천천히 녀석의 목덜미로 이동하고 있었다.

"이제 끝이다. 카바토."

치호는 카바토의 목덜미에 아무런 제지도 없이 도달하자 검은 연기에서 다시금 실체화하여 미련 없이 녀석의 목덜미를 향해 파멸의 조각을 밀어 넣었다.

카바토는 죽음이라는 공포에 절어서인지 아니면 목덜미를 손상당해 제대로 울음을 토해내지 못하는지 정확하진 않았다.

하지만 고통에 찬 단말마 한 번 지르지 못하고 그 거대한 몸뚱이에서 카바토의 머리통이 떨어져 내렸다.

"허억, 허억… 끝났군."

치호가 검은 연기로 화하면서 카바토의 악독한 가시가 떨어져 나가긴 했지만 그것이 준 상처까지 완전히 치유된 것은 아니었다.

물론 팔찌에 검은 힘을 밀어 넣는 것과는 별개로 조금씩 치호의 검은 힘이 상처를 치료하기 시작했지만 이전과 같이 빠르게 회복되는 모습은 아니었다.

아무래도 악몽들을 다수 소환하다 보니 치호의 검은 힘이 그쪽에 전력을 다하는 것 같았다.

치호의 의지 역시도 자신보다는 그쪽에 힘을 밀어 넣고 있었기 때문에 일어나는 드문 현상이었다.

치호가 거친 숨을 몰아내며 카바토와의 전투의 끝을 음미하고 있을 때 그 모습을 바라보는 세이카는 경악을 넘어 아연 실색할 수밖에 없었다.

한낱 테스터 하나가 필드의 지배자와 거의 동급의 힘을 가진 카바토를 단신으로 처리할 줄은 꿈에도 생각하지 못했기에 지금 이 순간이 꿈을 꾸고 있는 것은 아닐까 하는 생각이 들었다.

깨어지지 않는 악몽 같은 꿈을.

치호 역시 숨을 좀 고르고 나니 한 구석에서 부들부들 떨고 있는 세이카가 눈에 들어왔다.

치호는 그 세이카를 보며 해맑게 웃으며 말했다.

"세이카. 내가 후회할 거라고 했지?"

해맑게 웃는 치호였지만 세이카에게 있어 치호의 그 미소는 그 어떤 지옥 나찰의 얼굴과도 비견할 수 없을 정도로 악독해 보일 뿐이었다.

*　　　　　*　　　　　*

"쓰러졌다! 잡았다고! 저 미친놈이 저걸 혼자 잡았다고!"

"미… 미친! 신성이다. 신성이 출현했어!"

"신성?"

"저 무력… 내 눈으로 신성의 탄생을 보게 되다니… 하."

테스터들은 전투의 긴박감에도 카바토가 쓰러지자 치호를 볼 수밖에 없었다.

그만큼 치호의 존재감이 그들에게 깊이 박혀 있기 때문이었다.

그들도 알고 있던 것이다. 만약 치호가 저 카바토를 막아내지 못한다면 지금 이렇게 분투해봐야 아무런 의미가 없다는 것을 말이다.

하지만 그는 이겼다.

미칠 듯한 무력을 과시하면서 단신의 힘으로 자신의 힘을 증명했다.

그 모습을 보자 테스터들은 자신도 모르게 무언가 울컥하는 듯한 느낌이었다.

테스터들은 알게 모르게 괴물들에게 치이며 눈치만 보고 살다가 치호가 저 압도적인 괴물을 단신으로 쓰러뜨리는 장면을 보자 자신도 모르게 가슴이 뜨거워진 것이다.

게다가 먼 이야기로만 듣던 새로운 슈퍼 루키.

신성이 출현을 알 리는 신호탄과 같은 업적을 자신의 눈으로 직접 보았다는 게 그들 스스로의 가슴에 깊은 감동을 만들어냈다.

"괴물들이 도망간다!"

"크하하하! 살았어! 우린 살았다고!"

"저걸 혼자? 미쳤군··· 미쳤어."

"새로운 슈퍼 루키의 탄생이군."

한창 격전을 치르고 있던 대진과 메이의 전장은 치호의 전투가 끝남과 동시에 테스터들과 괴물들의 전투도 끝나는 것 같았다.

그들을 하나의 명령 체계로 움직이게 만들었던 수장인 카바토가 쓰러지자 괴물들은 뒤도 돌아보지 않고 도망가기 시작했기 때문이다.

대적 불가.

괴물들에게 있어 카바토는 그런 존재였다. 그러나 그런 존재를 쓰러뜨린 인간과 그의 세력처럼 보이는 것들과 계속해서 전투를 벌일 이유는 더 이상 없었다.

괴물들은 이곳에 오래 있어봐야 죽음뿐이란 것을 본능적으로 알아차린 것이다.

그렇기에 카바토가 쓰러지자마자 괴물들은 치호에게서 한 걸음이라도 더 멀리 도망치길 원한다는 듯이 서로가 서로의 몸뚱이를 밟으며 도망치기 시작했다.

그런 괴물들을 보자니 마치 바퀴벌레가 순식간에 사방으로 퍼지는 듯한 모습이 연상되었지만, 그런 모습을 보는 테스터들은 감격의 눈물을 흘릴 수밖에 없었다.

"대진 아저씨! 치호 아저씨가 해냈어요!"

"거봐! 내가 뭐라고 했어! 크하하하하. 버티면 이긴다고 했지? 어서 치호에게 가자고!"

두 사람은 서로 얼싸안으며 승리의 기쁨을 만끽했다. 그런 기분은 비단 두 사람뿐만이 아니라 모두가 같은 마음일 것이다.

지금 이곳에서 전투를 함께 치른 테스터들이라면 말이다.

결국 살아남았다.

저 괴물들에게서.

악몽들도 도망가는 괴물들을 보고 전투가 끝났다는 것을 알아챈 것인지 검은 연기로 화해 다시금 치호의 완갑으로 빨려들어 갔다.

치호는 완갑이 다시금 팔찌로 변한 것을 확인하고는 손목을 어루만지며 천천히 세이카에게 다가갔다.

세이카에게 천천히 걸어가는 그 순간에 치호의 검은 연기는 재빨리 상처를 순식간에 치유하기 시작했다.

그리고 세이카의 앞에 도달했을 때는 이미 모든 상처가 완벽하게 치유되어 복장에 튄 피가 아니라면 전투를 치렀던 사람이라고는 생각할 수 없을 만큼 너무도 멀쩡한 모습으로 세이카 앞에 섰다.

"괴… 괴물!"

세이카는 보았다.

치호의 전투를 시작부터 끝까지 하나도 빼놓지 않고.

그리고 느꼈다.

치호에게서 강력히 느껴지는 힘의 편린을.

세이카는 그 누구보다도 치호의 힘을 잘 느낄 수 있었다. 그녀는 필드의 지배자 '와린'을 직접 대면해 본 적도 있었고, 그 자리를 노리는 '카바토'는 물론 베일에 싸여 있는 감시자들 역시 겪어본 적이 있다.

그런 그들 앞에서도 평정심을 유지했던 그녀이건만.

치호 앞에서 그럴 수가 없었다.

다양한 절대 강자들의 힘을 느껴봤던 그녀는 충분히 알 수 있었다.

지금 치호의 힘이 얼마나 지독하고 악랄한 힘인지.

치명적인 부상을 입고서도 왠지 불길해 보이는 검은 힘이 타인의 혼적을 무로 돌려 치유했고 카바토와의 전투에서도 도무지 테스터라고는 생각할 수 없는 무력은 세이카의 생각에 확신을 주었다.

치호는 괴물, 아니 마신(魔神)이다.

자신의 목숨을 빼앗기 위해서 찾아온 마신(魔神).

세이카의 입술은 멈출 줄 모르고 달싹거리기만 할 뿐이었다.

손만 뻗으면 닿을 듯한 거리에 있는 치호에게 그 어떤 말조차 할 수 없었다.

그나마 세이카였기에 주저앉지 않고 서서 치호를 대면할 수 있던 것이다.

서 있는 것조차 힘겨워 보이는 세이카를 보며 치호가 말했다.

"이제… 와린에게 가도 되겠나? 세이카."

"아……."

치호는 세이카를 원망하지도 그렇다고 무자비하게 죽이기

위해 검을 뽑아 들지도 않았다.

그저 무덤덤하게 허락을 구할 뿐이었다.

와린에게 가도 되겠냐고.

생각과는 달리 아무런 원망도 책망도 하지 않는 치호를 대면한 세이카는 순간 스스로가 너무 비참하게 느껴졌다.

누군가는 자신의 목숨이 위협을 당했음에도 불구하고 아무런 책망도, 원망도 없는데 누구는 다 산 목숨이 아까워 이런 지저분한 짓까지 했다. 그렇게 생각하자 세이카는 참을 수가 없었어 외쳤다.

"왜! 왜 그냥 가시는 겁니까! 탐색자여. 내가… 내가 원망스럽지도 않으십니까! 내 가족 챙기자고 수많은 목숨을 빼앗으려 한 이 내가! 증오스럽지도 않습니까, 탐색자여!"

피를 토하듯 절규하는 세이카의 목소리에 치호는 고개를 흔들며 말했다.

"원망이라… 글쎄. 그럴 필요가 있을까."

"어… 째서?"

"인간들끼리 미워할 필요가 없다. 그건 그들이 바라는 것이겠지. 하나의 힘을 내지 못하도록, 그리고 인간들끼리 힘을 소모하게 하는 것이."

"그게 무슨… 뜻입니까. 탐색자시여."

"이 세계, 아니, 이 테스트 필드를 만든 놈한테 직접 가서 따질 테니까 너를 원망할 필요가 없다는 뜻이다. 핏값은 녀석들에게 내가 반드시 받아낼 테니까."

치호는 먼 허공을 바라보며 이를 악물었다.

마치 그의 시선은 감시자들을 보고 분노를 삼키는 듯하였으나, 치호가 응시하는 곳의 현실은 아무것도 없는 허공일 뿐이었다.

잠시 분노를 삭인 것 같은 치호는 다시금 세이카에게 말했다.

"넌 그저 증오의 화살을 잘못된 곳으로 돌렸을 뿐… 나까지 분노의 화살을 잘못된 곳으로 날리면 안 될 일이지. 뭐… 괜찮다. 인간은 언제나 실수하는 법이니까."

세이카의 올곧게 유지하던 자세가 치호의 그 한마디에 허물어져 그대로 주저앉고 말았다.

그러고는 그저 말없이 눈물을 흘릴 뿐이었다. 세이카의 주름진 그 얼굴에 흐르는 그 눈물방울이 턱 끝에 매달릴 때쯤 세이카가 힘겹게 말했다.

"탐색자여… 당신은 진정 올브람이 말한 그대로의 사람이군요. 감사합니다……."

"올브람이 무언가 한 이야기가 있나? 무슨 이야기를 했지?"

세이카가 올브람에 대해 무언가 더 알고 있는 것 같았으나 그녀는 그저 고개를 가로젓고는 허공을 응시할 뿐이었다.

그러고는 결심했다는 듯 천천히 말했다.

"반드시… 반드시 뜻하시는 바를 이루시기 바랍니다… 그리고 죄송합니다."

세이카 말을 마치고 이내 큰 숨을 내쉬며 품에서 짧은 단검을 꺼내 그대로 자신의 심장을 찔렀다.

세이카는 스스로 자결을 한 것이다. 치호는 그녀를 말리지 않았다.

그녀 스스로 알고 있었을 것이다. 오늘 일을 가슴에 품고 계속 살아갈 수 없을 것이란 것을.

그만큼 오늘 세이카가 한 일은 용서받지 못할 일이란 걸 그녀도 알고 있는 것이다.

그렇기에 스스로 목숨을 끊어 일을 끝맺으려는 것이었다. 어쩌면 처음부터 일이 잘되든 잘못되든 목숨을 끊으려 결심하고 일을 시작한 것 같았다.

저런 단검을 품에 품고 있는 것을 보면.

"증오의 화살… 잘못된 방향? 아주 현자 나셨군… 젠장."

치호는 숨이 끊어져 한줌의 재로 변하고 있는 세이카의 편안한 표정을 보니 여러 상념이 머릿속을 헤집어놨다.

어쩌면 그녀 역시 알고 있었는지도 모른다. 세이카는 탐색자 올브람에 대해 누구보다 잘 알고 있던 여자였다.

그런 그녀였기에 이 세계에 대한 진실을 알고 있었는지도 모른다.

그녀는 가문의 저주를 풀기 위해 동서분주했을 테고, 끝내 진실을 마주했을 때 다시금 좌절하고 절망했을지도 몰랐다.

진실의 저 끝에서 발견한 저항할 수 없는 힘의 차이.

자신의 티끌만 한 힘으로는 저주를 풀 수 없다는 사실에 절망을 느꼈을지도 모른다. 그래서 오늘 같은 일을 만들었을 것이다.

그런 그녀에게 증오의 화살이니 어쩌니 하는 시건방진 말을 했다. 이 세계에 관해 아무것도 모르는 주제에 말이다.

더욱이 그런 그녀와 자신의 차이는 단 한 가지.

그녀는 힘이 없었고.

치호는 힘이 있었다.

그 단순한 차이의 결과가 바로 이것이다.

수많은 죽음과 그로 인한 슬픔의 고리의 시작.

치호는 그녀에 대해 생각하면 생각할수록 짜증이 쌓였다.

이런 더러운 상황을 만드는 놈들에 대한 짜증이 말이다.

그런 치호의 기분을 아는지 모르는지 저 멀리서 대진과 메이가 마치 세상을 다 가진 것 같은 표정으로 자신을 향해 뛰어오고 있었다.

그런 그들의 모습을 보며 치호는 그들에게 이런 표정을 보여줄 수 없으니 웃는 낯으로 대해주어야 할 것이다.

『불사의 테스터』 5권에 계속…

초대형 24시 만화방

신간 100%, 샤워실, 흡연실, 수면실(침대석), 커플석, 세탁기 완비

■ 시흥 정왕25시점 ■

경기 시흥시 정왕동 1742-13 미스터피자 건물 5층
031) 319-5629

■ 강북 노원역점 ■

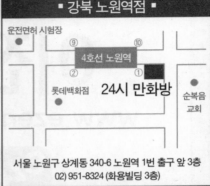

서울 노원구 상계동 340-6 노원역 1번 출구 앞 3층
02) 951-8324 (화용빌딩 3층)

■ 일산 정발산역점 ■

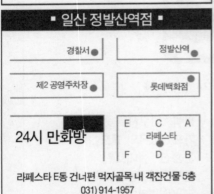

라페스타 E동 건너편 먹자골목 내 객잔건물 5층
031) 914-1957

■ 일산 화정역점 ■

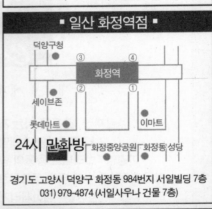

경기도 고양시 덕양구 화정동 984번지 서일빌딩 7층
031) 979-4874 (서일사우나 건물 7층)

■ 부천 역곡역점 ■

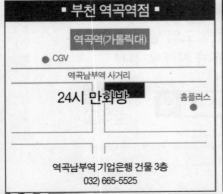

역곡남부역 기업은행 건물 3층
032) 665-5525

■ 부평역점 ■

(구)진선미 예식장 뒤 한신포차 건물 10층
032) 522-2871

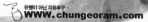

이경영 판타지 장편소설

FANTASY FRONTIER SPIRIT

그라니트

용들의 땅

G R A N I T E

사고로 위장된 사건에 의해 동료를 모두 잃고 서로를 만나게 된 '치프'와 '데스디아'.
사건의 이면에 상식을 벗어난 음모가 있음을 알게 된 둘은
동료들의 죽음을 가슴에 새긴 채 각자의 고향으로 돌아간다.
2년 후, 뜻하지 않게 다시 만난 두 사람은 동료들의 복수를 위해
개척용역회사 '그라니트 용역'을 설립해 다시금 그 땅을 찾게 되는데……

용들이 지배하는 땅 그라니트!
그곳에서 펼쳐지는 고대로부터 이어지는 운명적 만남,
깊어지는 오해, 그리고 채워지는 상처.

『가즈 나이트』 시리즈 이경영 작가의 미래형 판타지 신작!

Book Publishing CHUNGEORAM

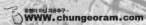

유행이 아닌 자유추구 -
WWW.chungeoram.com

GRAND SLAM

FUSION FANTASTIC STORY

자미소 장편소설

그랜드슬램

2016년의 대미를 장식할 최고의 스포츠 소설!!

Career record : 984W 26L
Career titles : 95
Highest ranking : No.1(387weeks)
Grand Slam Singles results : 23W
Paralympic medal record : Singles Gold(2012, 2016)

약 십 년여를 세계 최고로 군림한 천재 테니스 선수.
경기 내내 그의 몸을 지탱하고 있는 것은…… 휠체어였다.

『그랜드슬램』

휠체어 테니스계의 신, 이영석(32).
그는 정상의 자리에서도 끝없는 갈망에 사로잡혀 있었다.

"걷고 싶다, 뛰고 싶다. …날고 싶다!!"

뛸 수 없던 천재 테니스 선수
그에게, 날개가 달렸다!!!

Book Publishing CHUNGEORAM

유행이 이선 자유추구-
WWW.chungeoram.com

GAME
BALL
게임볼
설경구 장편 소설
FUSION FANTASTIC STORY
무명의 야구인이었던 남자,
우진이 펼치는 야구 감독으로서의 화려한 일대기!
『게임볼』
"이 멤버로 우승을 시키라고?"
가상 야구 게임,
게임볼을 통해 인생 역전을 꿈꾸는
한 남자의 뜨거운 행보에 주목하라!
Book Publishing CHUNGEORAM
유행이 아닌 자유추구 -
WWW.chungeoram.com

투신
강태산

박선우 장편소설

FUSION FANTASTIC STORY

무림을 휩쓸던 '야차(夜叉)'가 돌아왔다.

『투신 강태산』

여행사 다니는 따뜻한 하숙생 오빠이자
국가위기 특수대응팀 '청룡'의 수장.
그리고 종합격투기계를 휩쓸어 버린 절대강자.
전 세계를 무대로 펼쳐지는 투신 강태산의 현대 종횡기!!

"나는, 나와 대한민국의 적을, 철저하게 부숴 버릴 것이다."

서러웠던 대한민국은 잊어라!
국민을 사랑하는 대통령과 절대강자 투신이 만들어 나가는
새로운 대한민국이 펼쳐진다!!